O PRÍNCIPE

REINO DE JUSTIÇA

CB064920

O PRÍNCIPE
REINO DE JUSTIÇA

SILAS RIBEIRO

Ágape

São Paulo, 2024

O príncipe – reino de justiça
Copyright © 2024 by SILAS PASSOS RIBEIRO
Copyright © 2024 by Novo Século Ltda.

EDITOR: Luiz Vasconcelos
GERENTE EDITORIAL: Letícia Teófilo
PRODUÇÃO EDITORIAL: Érica Borges Correa
PREPARAÇÃO: Flávia Cristina Araujo
REVISÃO: Angélica Mendonça
DIAGRAMAÇÃO: Manoela Dourado
CAPA: Ian Laurindo

Texto de acordo com as normas do Novo Acordo Ortográfico da Língua Portuguesa (1990), em vigor desde 1º de janeiro de 2009.

Dados Internacionais de Catalogação na Publicação (CIP)
Angélica Ilacqua CRB-8/7057

Ribeiro, Silas Passos
   O príncipe : reino de justiça / Silas Passos Ribeiro. -- São Paulo : Novo Século, 2024.
   160 p. : il.

ISBN 978-65-5724-098-4

1. Ficção brasileira I. Título

24-0368   CDD B869.3

Alameda Araguaia, 2190 – Bloco A – 11º andar – Conjunto 1111
CEP 06455-000 – Alphaville Industrial, Barueri – SP – Brasil
Tel.: (11) 3699-7107 | E-mail: atendimento@gruponovoseculo.com.br
www.gruponovoseculo.com.br

Prefácio

Esta obra conta a história de David, um jovem que se rebela contra seu pai a ponto de planejar matá-lo, sem perceber que este sentimento traria destruição para si mesmo.

Sem qualquer esperança, com sede de vingança e longe dos seus, David encontra o Caminho da Redenção, mas não é tão fácil como uma receita de bolo; será preciso caminhar de verdade, com o coração.

Esse jovem é um príncipe e seu pai, um rei tirânico. Os reinos de Camelot e Cameliard são o cenário de um conto medieval, com mortes, rebeliões, traições, romance, vingança e recomeços que vão prender sua atenção do início ao fim.

Querido leitor, certamente este livro irá te envolver e se tornar um dos seus livros de cabeceira.

Divirta-se nesta aventura.

Helaine Christine

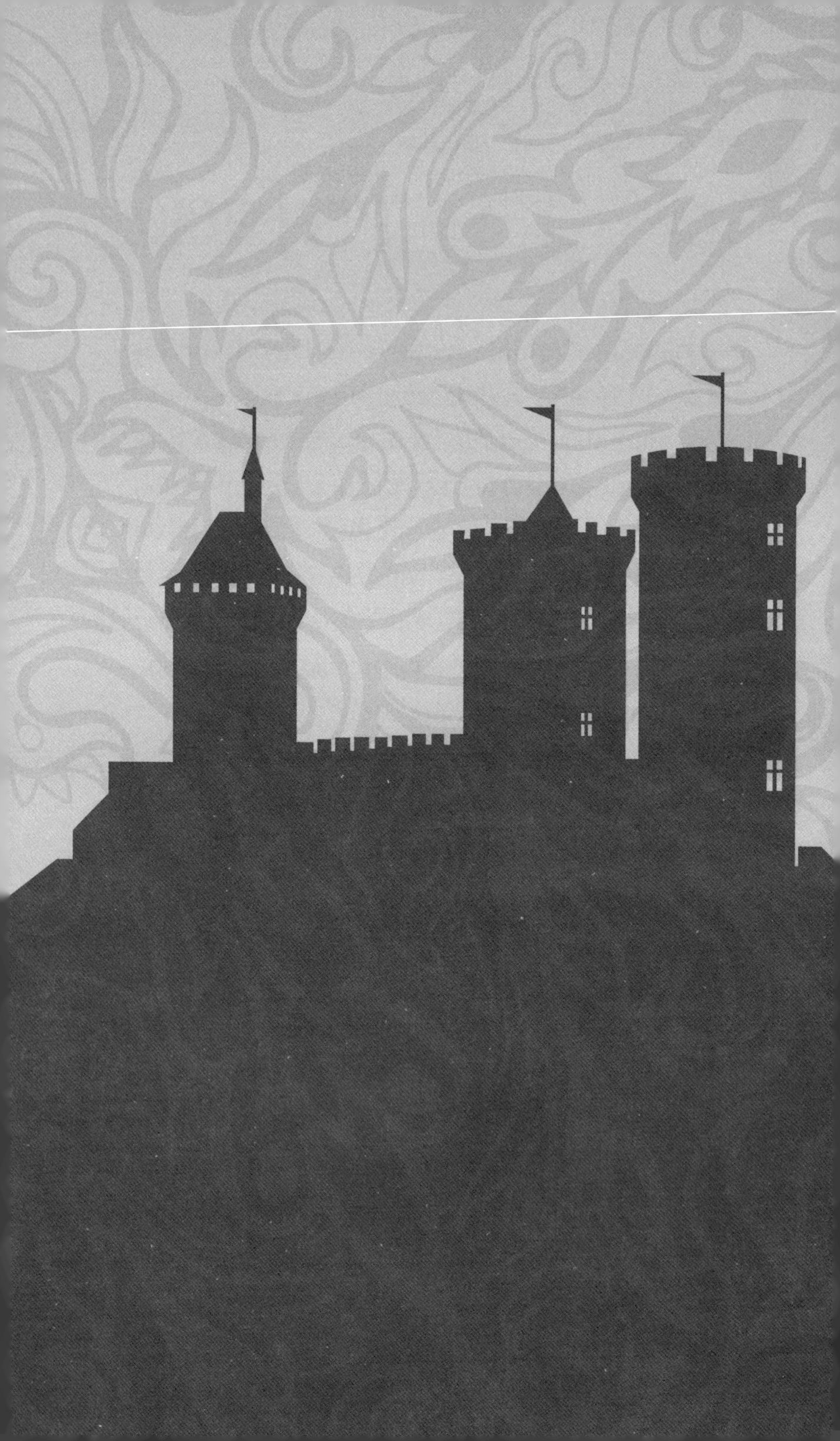

Prólogo

— A justiça de Deus nunca falha. Às vezes, por caminhos retos; às vezes, tortos. Mas nunca falha. Ele nunca desvia o olhar e nos conhece a fundo, a cada um: nossas alegrias, nossos desesperos, nossas tristezas, nossas angústias, nossos desejos... Não há um só pingo d'água que caia do céu ou folha que caia de uma árvore que Ele não saiba ou permita. Ele é o começo e o fim de tudo o que há. E sempre age, até mesmo quando, onde e com quem menos esperamos. Portanto, confiemos na providência d'Ele. Porque Ele sempre sabe o que faz. Que nosso Rei vá com Ele para o descanso merecido e que Deus continue tendo piedade e misericórdia de nós e da nossa Inglaterra. Os dias que se seguem serão maus, pois a Casa dos Valentes tombou!

Essas foram as palavras do padre no funeral do Rei Arthur. E tudo o que veio depois se fez comprovar.

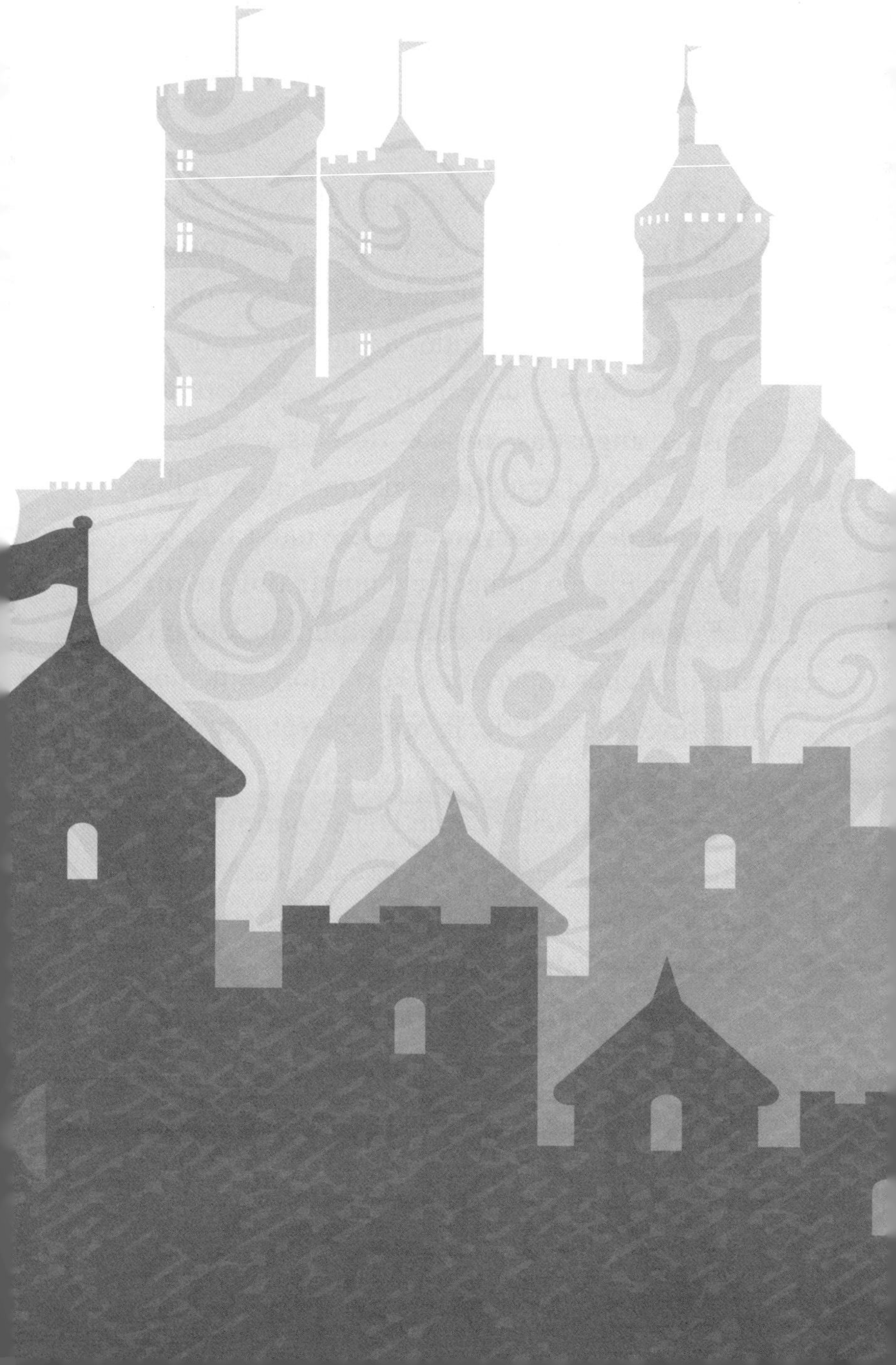

CAPÍTULO 1
Filho de Arthur

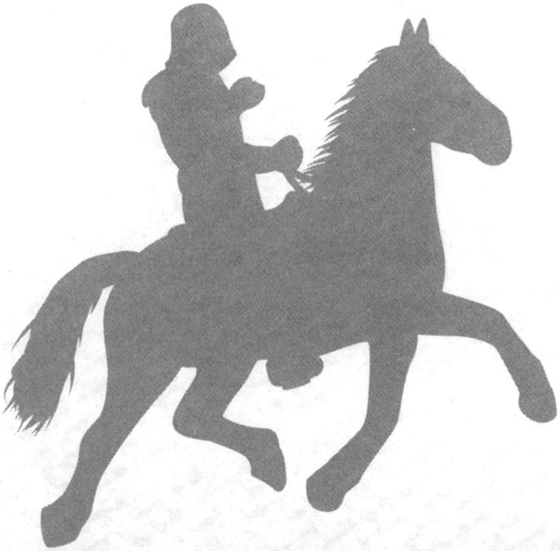

Anno Domini 1224.

Havia um reino chamado Camelot, conhecido por seus bravos cavaleiros e por seu grande e amado Rei Arthur.

Camelot era um dos vários feudos que compunham a Inglaterra; um reino dividido e em constante guerra.

Arthur sonhava com a unificação, propondo-a para todos os reinos e formando coalisões poderosas e pacíficas.

Inesperadamente, em 1214, foi traído em batalha por seu filho, Mordred, que usurpou o trono, iniciando uma nova dinastia tão perversa que, além de desfazer todas as alianças de Arthur, deu início a uma era oposta à de seu reinado.

Dez anos depois, em 1224, morreu o injusto sucessor de Arthur; seu assassino e filho, Orion, subiu ao trono.

Orion era mais cruel do que seu pai. Seus impostos tiravam o sustento do povo, que já não tinha mais como se manter e sofria por ver seu trabalho revertido em entretenimento para a corte. Era um reinado mantido com sangue e dominado pelo medo.

Com sua esposa, a rainha Flora, ele teve seis filhos, nesta ordem: Richard, Mary, Helena, Martha, Cássia e Jonathan. Orion matou a esposa em um acesso de fúria quando ela ainda esperava o sétimo filho. Cinco anos depois, assassinou o rei de Norwich e tomou para si sua mulher, a rainha Alix, com quem teve dois filhos, Aurora e David, nascidos no ano da coroação de Orion.

Os cinco filhos mais velhos tentaram uma rebelião contra o pai, mas ele os matou a sangue frio. Logo depois, Jonathan cometeu suicídio, pois também conspirava contra Orion e tinha medo de sofrer a vingança do pai pelos seus atos, caso o descobrisse.

Restaram na família apenas Aurora e David. Este último, por ser o filho homem, com apenas seis anos de idade tornou-se herdeiro do trono.

Depois do que aconteceu com seus irmãos, David transformou-se em um filho rebelde e indomável com o pai, mantendo-se atencioso, protetor e dedicado apenas a sua mãe e irmã.

Era aplicado em todas as ciências do conhecimento, com objetivo de ser melhor do que o pai.

David desprezava tudo o que vinha do rei e de Deus. Desrespeitava padres, monges, freiras e até mesmo a própria Bíblia, pois não conseguia sentir nem presenciar a justiça de Deus, segundo ele.

Certa vez, aos dez anos de idade, David estava próximo a um padre quando ateou fogo na imagem de Jesus, dizendo:

– Se você é Deus, faça-me queimar!

Por causa dessa atitude, quase foi excomungado, não fosse o dinheiro sujo de Orion dado ao padre.

Aos dezessete anos, o jovem se tornou general do exército de Camelot. Em sua função, era rígido com os soldados nos treinos e sempre cobrava a perfeição de cada um: arqueiros tornavam-se espadachins, cavaleiros tornavam-se arqueiros. Todos tinham de ser perfeitos em tudo, assim como ele. Devido a sua grande coragem e por lembrar os grandes heróis do passado, começou a ser chamado pelos soldados pelo nome de BraveSword, que significava "espada valente".

Três anos depois, David tornou-se o principal conselheiro de Orion e passou a usar sua influência no cargo para manipular o pai com suas ideias e opiniões.

Apesar de odiar o filho, Orion o escutava e seguia os seus conselhos, porque, até então, as ideias de David beneficiavam sua ambição. Mas David era sábio nos conselhos, trazendo um equilíbrio entre os desejos do pai e as necessidades do povo, que o amava e o aclamava como Filho de Arthur, por conta da semelhança com a qual ambos agiam. E esse título enchia-o de vaidade, a ponto de David apropriar-se dele.

CAPÍTULO 2
O herói oportunista

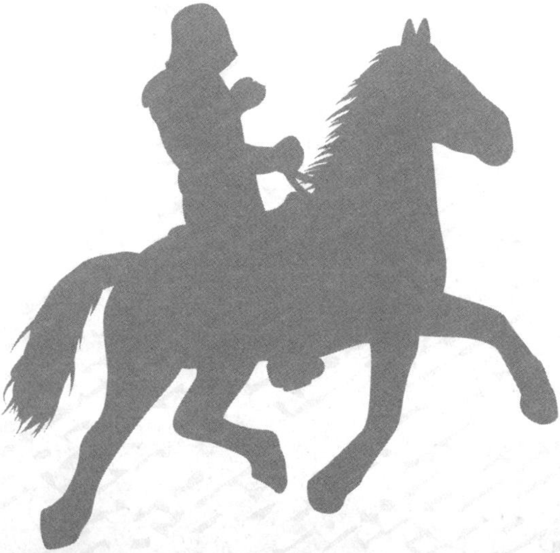

Quando um país vive em tempos de guerra é óbvio que precisa de um estrategista militar para saber o que fazer no campo de batalha, e David era esse homem.

Certa vez, em um de seus majestosos banquetes no palácio, o rei Orion ficou muito embriagado. Não falava coisa com coisa e fazia piadas depreciativas com todos, inclusive com sua família.

Naquele momento, David entrou na sala do trono onde era realizado o banquete, chegou perto de sua mãe e disse:

– Embriagado novamente? Ah, por que eu não estou surpreso?

– Pare de ironizá-lo! Além de seu pai, ele é seu rei! – advertiu a rainha Alix.

– Como se eu me importasse com isso... Por que você ainda tenta reaproximar nós dois? – perguntou David.

– Porque eu acredito que todos merecem uma segunda chance! E também porque me preocupo com você! – explicou a Rainha.

– Não deveria! Sou o homem mais amado e poderoso de Camelot! O príncipe herdeiro do trono!

– Mas até mesmo o herdeiro do trono pode ser acusado de traição! Não pela mãe, mas por qualquer um. – Alix mostrava-se preocupada.

De repente, um homem magro, ofegante e com as pernas trêmulas entrou na sala do trono, dizendo:

– Vossa Majestade, tenho uma mensagem para vós, vinda de nossos espiões da fronteira do norte.

A sala do trono ficou em silêncio, curiosa, enquanto Orion, embriagado, tentava chegar até o mensageiro. Mas logo tropeçou, caindo de cara no chão.

– Levem o rei para os seus aposentos! – disse David aos servos, que assim o fizeram imediatamente. E depois continuou, com autoridade: – Saiam todos! A festa acabou! Permaneçam apenas minha mãe e minha irmã Aurora. E você também, mensageiro.

Quando todos finalmente saíram da sala, restando apenas a rainha Alix, Aurora e o mensageiro, David disse:

– Pois bem, mensageiro, diga o que veio dizer e receberá um bom pagamento.

– Sim, meu príncipe! Como eu ia dizendo...

O mensageiro foi interrompido pelo barulho da porta sendo aberta. Era o Arcebispo de Camelot, que soube que haveria novidades.

– O que está fazendo aqui, Arcebispo? Mandei que todos saíssem, exceto minha irmã, minha mãe e o mensageiro! – exclamou David, contrariado.

– Vim me colocar ao seu dispor, Vossa Alteza! E como esta é uma reunião de interesse do reino, é meu dever estar aqui.

David não gostava da influência que a Igreja exercia no reino, porque os padres, em sua visão, não passavam de um bando de usurpadores do povo. Para ele, os padres roubavam o dinheiro dos mais pobres com a desculpa de que serviria para ajudar a manter a obra de Deus, quando, na verdade, colocavam esse dinheiro no próprio bolso para satisfazer suas vontades.

Mas o Arcebispo estava certo: era seu dever estar ali. E mesmo não gostando da influência da Igreja, David sabia que deveria usá-la como uma aliada política para ascender ao trono de seu pai e descartá-la quando fosse o momento apropriado.

– Pois bem, então fique. Continue mensageiro.

– Vossa Alteza, trago notícias de nossos espiões do norte da fronteira. O reino de York avança em direção às nossas terras com um exército mais numeroso que o nosso. Suas armas são melhores e seus homens estão sob a liderança de Baliol, o valente, que recentemente assumiu o trono do pai em York. Ele fez uma aliança com Guilherme, o reverente, rei de Lincoln, para aumentar o seu exército.

– Já ouvi falar de Baliol! Ele é conhecido por sua crueldade em batalha e nossos espiões também suspeitam de que ele tenha envenenado o próprio pai para assumir o trono – interveio Aurora.

David olhou para a irmã, admirado.

– Sabia que foi uma ótima escolha colocar você como encarregada dos nossos espiões pelo país?

Aurora sorriu para o irmão, em agradecimento, e o mensageiro continuou:

– Eles estão mais especificamente passando pelo reino de Lincoln e avançando pelo reino de Bristol para chegar até aqui, meu senhor.

– Então não devem estar muito longe! – concluiu a rainha Alix.

– Que Deus nos proteja! – disse o Arcebispo, fazendo o sinal da cruz.

David, com sarcasmo, retrucou:

– Então peça ao Senhor que chovam pedras de fogo do céu sobre eles para nos salvar. – E, debochando da própria frase, completou, rindo: – Espere um pouco! Seu Deus não existe!

– Quantos dias temos até que eles cheguem aqui, mensageiro? – perguntou a rainha Alix, voltando ao foco do problema.

– Uma semana, minha rainha.

David dispensou o mensageiro, pensou por alguns minutos e disse:

– Mãe, vá imediatamente até o arauto e mande ele espalhar a notícia pela praça principal, avisando as pessoas para apressarem a colheita! Sorte que estamos na primavera! Se fosse inverno, talvez não tivéssemos essa vantagem. Depois, organize a distribuição dos grãos. – Continuando, falou para a irmã: – Aurora, procure um comandante de confiança da sua tropa para reunir as demais e organizar uma possível evacuação da cidade. E mande uma mensagem aos nossos espiões, utilizando o falcão peregrino, para que eles se infiltrem no acampamento inimigo e obtenham informações que possamos usar a nosso favor.

– Acha que o falcão vai conseguir voltar com as informações a tempo? – perguntou Aurora.

– Ele tem que voltar! Do contrário, iremos para batalha sem saber o que nos espera! – respondeu a rainha Alix. – Será que o seu pai vai aprovar todas essas decisões tomadas sem o consentimento dele? – perguntou ela ao filho.

– Eu vou fazer uma reunião com os comandantes do exército *e o meu pai*. Afinal de contas, isso tudo é para o bem do reino. Não temos tempo a perder!

CAPÍTULO 3
O herói de Camelot

No dia seguinte, Orion e a rainha foram despertados pela luz que invadiu o quarto, após o servo abrir as cortinas.

Alix disse ao rei:

– Acorde, majestade! David e o conselho de guerra o aguardam para uma reunião na sala do trono.

– Por que ninguém me falou sobre isso ontem? – perguntou Orion.

– Porque você estava completamente bêbado! – respondeu Alix, saindo do quarto.

– Cale a boca, mulher! Até parece que você sabe de alguma coisa! – retrucou Orion, aos gritos, para se fazer ouvir. Alix voltou ao quarto e disse:

– Posso não saber muitas coisas em relação ao senhor, meu rei, mas sei me comportar em público!

Alix saiu novamente, com Orion a chamando para tirar satisfações, mas foi ignorado.

Orion nunca cumpria completamente com suas obrigações de rei por ser muito preguiçoso e sempre priorizar as regalias da vida da corte, como festas, bebidas, músicas, entre outras coisas relacionadas à luxúria e à diversão. Por isso, deixava a maior parte do trabalho para sua família, principalmente para David.

Ele levantou-se, tomou um banho, colocou uma túnica negra com bordas douradas e foi até a sala do trono para seu compromisso.

Ao chegar lá, Orion viu David e seus três principais comandantes: George, Allan e John.

– Bem... Estou aqui. Digam-me: o que é tão importante que requer a atenção de vosso rei tão cedo? – perguntou Orion, sentando-se no trono que outrora fora do Rei Arthur.

– Recebemos ontem a informação de que Baliol, o valente, novo rei de York, com apoio de Guilherme, o reverente, rei de Lincoln, está vindo para cá, pelas terras do norte, com suas tropas. Nossa estratégia é enfrentá-los além da nossa fronteira a oeste, onde poderemos usar o terreno lamacento a nosso favor – disse David.

– Deixe que nosso forte avançado em Bristol, que é o nosso ponto de defesa mais próximo, os segure! Nós não precisaremos mandar tropas! Baliol não vai conseguir passar pelas muralhas do nosso forte – retrucou Orion.

– Não temos muita certeza disso, Vossa Alteza – alertou George.

– Por quê? – perguntou o velho rei.

– Porque, segundo nossos homens em Bristol, as muralhas têm um ponto fraco no portão leste do forte, que também é o lugar menos vigiado pelos soldados, por várias baixas que tivemos ao tentar conter uma rebelião por lá recentemente. Se Baliol souber desse ponto fraco, e com certeza ele saberá, o Forte de Bristol não terá chance contra os seus exércitos – explicou Allan.

– Então o que vamos fazer? – perguntou Orion, demostrando certa preocupação.

David tomou a palavra:

– Ontem à noite enviamos o falcão mensageiro até nossos espiões para que eles nos digam a posição exata do inimigo e as demais informações de que precisaremos, mas ele pode demorar a voltar e, como não temos muito tempo, não podemos esperar. Por isso, mandei reunir o exército e o dividi em quatro tropas: Arthur, Lancelot, Galahad e Pendragon. As três últimas vão ficar aqui e esperar o falcão mensageiro voltar com as informações dos espiões, para saber se haverá necessidade de incluir mais ações no plano, e depois seguirão até o campo de batalha. Enquanto isso, eu vou liderar a tropa Arthur em direção aos exércitos de Baliol e Guilherme para ganharmos tempo, atrasando o inimigo. Sei que estaremos em menor número, mas é um risco que tenho que correr. Se eu fracassar, vocês saberão antes que eles cheguem. Até lá, vocês já terão as informações necessárias para analisar se a estratégia que definimos será eficaz na defesa do nosso território. A ideia é evitar que Baliol e Guilherme cheguem a Camelot, pois, se passarem das fronteiras, com certeza vão cercar a cidade e nos forçar à rendição pela falta de comida e proliferação de pestes.

David andou até Allan e completou:

– Allan, você salvou minha vida quando lutamos contra os franceses na fronteira do norte. É o general mais experiente e o maior conhecedor de estratégias de batalha que eu já vi. Você vai liderar o pelotão Lancelot e será o responsável pelo ataque.

– Sim, meu príncipe! – Allan respondeu e se curvou em sinal de reverência a David.

Após isso, David dirigiu a palavra a George:

– George, você me ensinou tudo o que eu sei: como lutar, como pensar, como agir em batalha. Você me conhece desde a infância. Vai ser o braço direito de Allan no comando das tropas. Vai liderar o pelotão Galahad.

– Sim, Vossa Alteza!

George se curvou, e David foi até John, que logo se inclinou e disse:

– A vosso serviço, senhor!

– John, você é o mais jovem dos comandantes. Mas nunca vi tamanha lealdade para com um príncipe. Você também me conhece desde a infância e sua amizade é a melhor que alguém poderia ter. Como Allan vai liderar o ataque e George será o braço direito dele, caso eles discordem em determinado assunto, você terá a palavra final.

A partir daí, o Filho de Arthur (como David ficou conhecido) dirigiu-se a todos:

– Mas não se enganem. Nenhum de vocês tem mais autoridade do que o outro, segundo o princípio da Távola Redonda, sob o qual este reino foi fundado. Eu confio em todos vocês da mesma forma. Vocês são todos iguais. Agora vão e preparem as tropas para a batalha. Eu partirei ao anoitecer com o pelotão Arthur. Quanto a vocês, irão quando o falcão voltar.

– Vossa Majestade! Vossa Alteza! – disseram todos para a realeza, curvando-se em sinal de reverência ao rei e ao príncipe, despedindo-se da sala do trono.

– Por que não fui informado de que estamos sendo atacados, David? – perguntou Orion, em um tom de arrogância. David, que ia saindo da sala do trono, virou-se e respondeu com um pouco de ironia:

– Porque na noite passada você estava bêbado, como sempre. Você se embriaga tanto que, pelo visto, perdeu o respeito de toda a corte. Quando eu saio pelas ruas, todos falam de como você é irresponsável e não merece a coroa.

– Quem disse isso? – gritou Orion, levantando-se do trono e parecendo ter fogo nos olhos.

– Não importa! Já está dito! – respondeu David, elevando o tom de voz e continuando: – Você não merece o trono de Arthur! O que esta dinastia fez para unificar este reino? Nada! Claro! Você só pensa em cobrar mais impostos para bancar suas festas e regalias. Acha que eu não sei que você tem traído minha mãe com a dama de companhia dela?

– Eu sou o rei! Posso fazer o que quiser! – respondeu Orion aproximando-se do filho, que retrucou:

– Você não é rei e nem sequer se comporta como um homem! Parece apenas uma criança brincando de Deus!

– Cuidado, David! Você pode ter o mesmo fim que seus irmãos! – ameaçou Orion, diminuindo lentamente o ritmo e o tom de voz.

– É fácil manter-se num trono do qual não é digno quando se faz ameaças desse tipo. Não é à toa que o trono não é seu! É meu! Eu sou o rei! – rebateu David.

Orion, querendo prevalecer sobre o filho, então disse:

– Seu avô Mordred libertou este reino de um rei que não tinha pulso para governar! Arthur não era o tipo de rei do qual a Inglaterra precisava. Seu avô fez isso!

– Meu avô foi um assassino, traidor do rei e da Inglaterra. E a mãe dele, Morgana, foi uma bruxa que drogou Arthur e o violentou enquanto ele estava inconsciente. Foi assim que seu pai nasceu! Como um filho ilegítimo, sem direito à existência! Arthur deveria ter matado os dois assim como se mata desgraçados como você! – David gritou, como se quisesse que toda a Inglaterra ouvisse o que dizia.

– Respeite-me! Eu sou seu rei! E a bruxa que você insulta é minha avó e fundadora desta dinastia. Não fosse por ela, você não seria príncipe! Esta é a sua dinastia!

– Eu não pertenço a esta dinastia! Eu sou filho de Arthur, não de Orion. Eu pertenço à casa de Reuel Ilai! E espero que, para o seu bem, *pai*, você morra pela própria espada! Porque, senão, morrerá pela minha! – desabafou David, gritando ainda mais alto, enquanto saía da sala do trono.

Mas, antes de sair, virou-se, olhou para o pai novamente, percebendo o medo nos olhos dele, e debochou de Orion mais uma vez:

– Antes pela tua espada do que pela espada de teus inimigos!

Ao cair da tarde, David colocou sua armadura de couro marrom e foi ver as tropas que estavam em formação na frente do palácio.

Sua mãe e sua irmã foram se despedir e Aurora perguntou, preocupada com o irmão:

– Vai usar uma armadura de couro?

— A armadura de cavalaria é muito pesada. Nós vamos lutar com armaduras de couro, porque o terreno na fronteira leste é mais lamacento quando chove – respondeu David.

— Mas não está chovendo! – comentou a rainha Alix.

— As nuvens estão carregadas e logo vai chover. Provavelmente quando chegarmos lá o chão já estará lamacento, o que vai dificultar a mobilidade do inimigo, porque todos certamente estarão com armaduras de cavalaria. E então nós seremos mais rápidos do que eles, graças às nossas armaduras de couro. Vamos ver se isso vai dar certo amanhã.

— Amanhã? Mesmo que estejam a cavalo, a fronteira oeste fica a dois dias de viagem. Não chegarão lá amanhã! – disse Aurora, ainda preocupada.

— Conheço um caminho que vai nos fazer chegar lá em uma noite – esclareceu David.

— Não entendo o porquê de eu não poder ir – a irmã reclamava.

— Porque não está pronta para o campo de batalha! Ainda! Ter uma mulher no conselho de guerra não é assim tão fácil, ainda mais nesses tempos. Mas não se preocupe! Quando chegar a hora, você vai comandar as tropas junto comigo! Até lá, esforce-se para aprender o que George e eu ensinarmos. Vai precisar disso tudo no campo de batalha! Eu prometo! – disse David, dando um beijo na testa da irmã e outro no rosto da mãe.

Montou em seu cavalo e o Arcebispo abençoou as tropas, dizendo:

– Que Deus os proteja!

– Não precisamos, Arcebispo! Temos as nossas espadas! – debochou David, dando às tropas o comando de ir em frente.

Ao chegar à fronteira oeste, viu que Baliol, Guilherme e seus exércitos não tinham chegado, mas estavam por perto, pois conseguia ouvir, pelo vento, os tambores que marcavam o ritmo da marcha inimiga que se aproximava.

– Desmontem! Vamos acampar aqui! – ordenou.

Foi bom montar acampamento para os soldados descansarem, mesmo que por pouco tempo, por causa da proximidade do inimigo. Eram três mil homens cansados e com frio, que haviam cavalgado sob chuva forte em solo lamacento e precisavam recuperar um pouco das forças. Para a sorte deles, tiveram algumas horas nas quais puderam ter certo descanso.

– Homens de Camelot! – gritou David, antes de descer do cavalo, chamando a atenção de todos.

Depois, já com os pés firmes no chão, continuou:
– Sei que estão todos cansados. Andamos debaixo de uma chuva intensa e em solo enlameado. Sei que estão temerosos porque estamos em menor número. Mas querem saber uma novidade? Eu também estou! Medo não é só para os covardes; é para os corajosos também, assim como nós! Mas se decidirmos enfrentar nossos medos, nós somos corajosos! Então, lembrem-se do porquê estão aqui! Estão aqui porque dois reis covardes querem tomar nossas terras e unificar a Inglaterra da maneira perversa deles! Vocês estão aqui por suas mulheres, seus filhos, suas filhas e pela nação unificada do jeito que tanto almejamos! Então, homens, lembrem-se de lutar um pelo outro! Porque o outro que está ao seu lado é seu irmão de nação! Hoje não lutamos só por Camelot! A partir de hoje, nós lutaremos pelo país que as futuras gerações chamarão de Inglaterra! Pela Inglaterra!

David gritava essas palavras erguendo a espada, enchendo de motivação aqueles soldados que bradavam, e continuou tomado pela ambição e arrogância:

— E eu lhes garanto, homens, que se morrerem hoje, não estarão cobertos apenas de sangue, mas enxarcados, inundados, de imortalidade e glória! Eu lhes garanto a imortalidade por meio dos feitos nesta batalha! Pela glória! E pela imortalidade!

Os homens bradaram como nunca, e David mal tinha acabado de motivar seu exército quando as tropas inimigas chegaram ao ponto de batalha.

— Preparem-se! – disse David.

Baliol mandou um destacamento de dez mil homens de cavalaria para atacar David e seus homens. O exército de Baliol e Guilherme tinha mais de quarenta e nove mil homens. A cavalaria avançou rapidamente e David mandou que os arqueiros posicionados na retaguarda da infantaria atirassem uma chuva de flechas para retardar o avanço inimigo, o que funcionou, pois os cavaleiros do exército inimigo tombaram feito pedra por causa da armadura, que era mais pesada que a do exército de Camelot.

— Atacar! – ordenou David.

Seus três mil homens pareceram um milhão aos olhos dos cavaleiros caídos no chão. Baliol mandou mais dezenove mil homens que foram rapidamente dizimados pelo exército de David, o qual, até então, não havia sofrido nenhuma baixa.

Então, desesperado, o rei de York ordenou que todo o seu exército atacasse de uma só vez, e, rapidamente, os inimigos fizeram um círculo ao redor da tropa Arthur.

Apesar de não ter sido nada fácil, os homens de Camelot exterminavam lentamente os inimigos, um a um. Mas, dessa vez, também sofriam baixas.

Os homens de Arthur se espalharam pelo campo de batalha para despistar o inimigo, que estava acabando com eles. Durante essa estratégia, David se viu lutando contra cinco ao mesmo tempo, que tentavam matá-lo pelas costas, mas ele ainda conseguia bloquear os golpes firmemente.

Em certo momento, um homem enorme correu na direção de David a fim de atacá-lo, mas ele desviou o golpe na altura da cabeça e acertou um outro forte na garganta do agressor.

Um dos homens que lutavam contra ele aproveitou-se dessa oportunidade para também tentar matá-lo pelas costas, mas foi atingido por uma flecha. David estranhou aquela flecha muito familiar até que ouviu uma voz dizendo:

– Quantas vezes eu vou ter que salvar sua vida?

Era Allan, que tinha chegado com George e John, a cavalo.

– Achei que nunca chegariam! O que a mensagem do falcão dizia? – perguntou David, posicionando-se para cobrir a retaguarda de John, que tinha descido do cavalo.

– Que eles têm um ponto fraco no lado direito, estão em quarenta e nove mil homens e seus arqueiros são poucos em relação à cavalaria e à infantaria. Além disso, o melhor homem deles é enorme... – respondeu George. David o interrompeu, fazendo questão de se exibir:

– Acho que esse aí já passou por mim, mas continue.

– E por último, eles têm três catapultas ao sul do campo de batalha! – completou George.

– Qual é a estratégia, David? – perguntou John.

– Vamos empurrar o exército deles para a parte mais lamacenta do vale e lá avançaremos pelo lado direito, de fora para dentro. Vou precisar da cavalaria para eliminar as catapultas.

Mal terminou de responder, David montou em seu cavalo negro e chamou a todos:

– Homens da cavalaria, sigam-me!

David liderou a cavalaria das tropas Arthur, Lancelot, Galahad e Pendragon para o lado direito do inimigo. No caminho, eles mataram os soldados que protegiam as catapultas e as tomaram para si.

Enquanto John comandava metade da infantaria empurrando o inimigo, George, com seu machado, conduzia a outra metade. Allan ficou responsável em comandar os arqueiros dando cobertura à movimentação da cavalaria.

David e os soldados chegaram ao lado direito com facilidade e avançaram até o outro exército se render. Baliol e Guilherme fugiram como covardes. David, ao vê-los escapando em seus cavalos, pegou uma lança e jogou em direção a Guilherme, atravessando-lhe o peito.

Ao ver aquilo, Baliol olhou para trás e disse em voz alta, para si mesmo:

– Este príncipe luta como se fosse a própria morte! É o melhor guerreiro que já vi! Se quero viver, jamais devo voltar a Camelot!

Naquele dia, o príncipe David, Filho de Arthur, derrotou os exércitos do rei Baliol, o valente, de York, e do rei Guilherme, o reverente, de Lincoln.

Ao final da batalha, todos gritavam "Vida longa ao Filho de Arthur".

David, cansado e cheio de sangue na armadura e no rosto, havia se tornado um herói. Ele foi recebido em Camelot como qualquer herói deve ser recebido: com festa!

Todos gritavam seu nome como apenas antes o do Grande Leão, às portas de Jerusalém. Tal fato, naquele dia, ofuscou o nome do próprio Orion, e até mesmo o de Arthur.

O povo dizia:

– Viva o legítimo rei da Inglaterra! Viva o novo rei! Glória eterna ao Filho de Arthur!

Com esse feito e o reconhecimento do povo, David finalmente havia alcançado, mesmo não sendo rei, a glória de seus antepassados.

CAPÍTULO 4
A maldição do poder

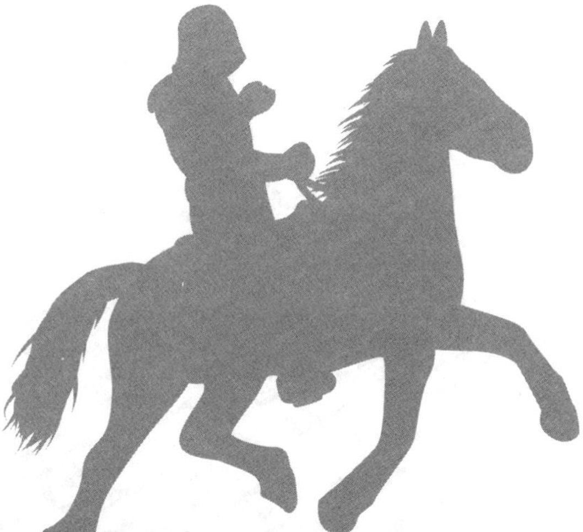

A cada dia que se passava, David dava mais provas de que ele era o homem do qual Camelot e a Inglaterra precisavam para retomar seus dias de glória. Mas como todo rei em ascensão, tinha seus inimigos. Um deles era seu meio-irmão Edward, que só aparecia quando era conveniente aos seus interesses.

Dois anos antes de ser coroado rei de Camelot, Orion tomou o reino de Norwich, onde Alix era a rainha, em 1222. Ele se encantou pela beleza da jovem de cabelos ruivos e olhos azuis como o mar e a tomou como esposa após matar o rei de Norwich e deixar o filho deles vivo, com a intenção de fazê-lo seu sucessor um dia. Esse filho era Edward.

David era o herdeiro legítimo do trono e o seu irmão por parte de mãe era fútil e infantil. Ao mesmo tempo, Edward era impiedoso como seu padrasto e mais próximo dele do que o próprio herdeiro do trono. E por conta dessas diferenças, David e Edward se odiavam.

No entanto, ambos eram ótimos guerreiros e, certa vez, combinaram de duelar para entreter a corte.

David saiu vitorioso e, ao ver seu rival no chão, não perdeu a oportunidade de humilhá-lo:

– Cansado?

– Bastante!

– Deixe-me ajudá-lo!

No entanto, ao receber a mão de Edward, David acabou empurrando-o novamente em direção ao chão. Edward, por sua vez, revidou com um soco, o que acabou em nova briga, sendo, imediatamente, separados pela mãe.

– Será que preciso lembrar a vocês que são homens adultos e estão do mesmo lado? Vocês são irmãos! Não deveriam estar duelando!

– Mãe, foi ele quem começou! – disse Edward, apontando para o meio-irmão, que retrucou:

– Minha nossa! Esse é mesmo o filho favorito do rei Orion? Aquele que se esconde atrás da mamãe quando é confrontado? Que grande *bastardo* você gerou, mãe! Só espero que os filhos dele sigam o *meu* caminho e se tornem melhores do que o pai! Se é que os filhos serão dele!

– Ora, Alix, deixe que se matem! Sabe que me divirto em ver dois desgraçados se matarem por alguma coisa! – disse Orion com um sorriso de orelha a orelha.

Os dois continuaram discutindo, até David desistir e ir para seus aposentos, sendo seguido por Aurora, que lhe disse, em tom de repreensão:

– Não acredito que tenha humilhado Edward na frente de todos de novo! Por que você não pode viver em paz com sua família? Se não com nosso pai, pelo menos com nosso irmão!

– Meio-irmão, Aurora – corrigiu David e continuou seu discurso: – E o que eu puder fazer para tirá-lo do meu caminho ao trono, eu farei!

– Não pode haver conspirações entre família, David! Sabe disso, não é? – alertou Aurora, demonstrando medo nos olhos e na voz.

– O poder vai além de tudo isso! Eu quero glória e louvores a mim! Quero que meu nome atravesse os séculos e seja adorado para todo o sempre! Meu nome será maior do que todos os nomes! E o que eu tiver que fazer para que isso aconteça, eu farei! – explicou David enquanto se aproximava da irmã com um sorriso. Assustada, ela saiu do quarto.

Na manhã seguinte, David foi para sala do trono, onde toda a família tomava o desjejum. Sentando-se à mesa, disse:

– Temos um assunto pendente, meu pai!

– E qual seria? – perguntou Orion, com o desinteresse de costume.

– Eu gostaria de pedir perdão a Edward pelo que fiz e disse ontem. Não foi certo. Por isso, peço a ele que me dê uma segunda chance para reparar meu erro – disse David, demonstrando sinceridade nas palavras.

– Ah, tudo bem! Está perdoado! – Edward respondeu, disfarçando o perdão, enquanto levava à boca o pedaço de pão que havia pegado da mesa.

Alix sorriu para David com orgulho, mas sua alegria foi interrompida quando viu Edward cair no chão agonizando.

David foi até ele, como quem estava preocupado, ajoelhou-se e sussurrou em seu ouvido:

– Tudo pelo poder! Tudo... pelo trono!

Edward logo entendeu: tinha sido envenenado. Mas antes que pudesse revelar o autor do crime, morreu.

A rainha Alix correu e ajoelhou-se ao seu lado, agarrando o filho mais velho. Percebendo que não havia mais vida em seu corpo, gritou de amargura, levando seus olhos a David com uma mirada acusadora.

Todos ficaram indignados. Como aquilo poderia estar acontecendo? O rei até ordenou que o cozinheiro do palácio fosse condenado à morte.

Houve investigações para saber como o príncipe Edward morrera, mas o que se concluiu foi que ele tinha se engasgado. Os envolvidos nas investigações foram pagos por David para dizer isso.

David acreditava fortemente que estava fazendo justiça ao seu reino contra seu pai. Só não imaginava que, em breve, seus olhos seriam abertos.

CAPÍTULO 5
David, lobo em pele de cordeiro

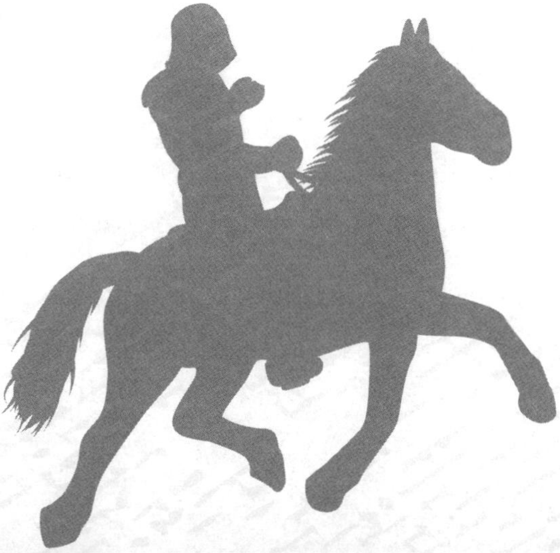

David, com certeza, era muito perverso e usava como justificativa o bem maior ao povo e ao reino; mas seu pai, Orion, era muito pior.

O povo, cada vez mais, odiava o rei por seus impostos abusivos e suas matanças sem sentido. Os aldeões e os servos feudais eram tratados pior do que os animais. E, enquanto sofriam e pediam a Deus consolo, o rei Orion e sua corte viviam em festas, cercados de riquezas.

Orion era implacável com rebeliões, o que deixava David bastante indignado. Por isso, cada vez mais ele tomava o partido do povo e se achava o homem mais justo de todos, assim era amado pelo povo e odiado pelo pai. David estava cego pelo desejo de vingança e pelo sentimento de seguir sua própria justiça. No entanto, a justiça de David se mostrava falha.

Ficava claro para todos que, se o povo não tinha tentado nenhuma insurgência, invadindo o palácio, era por causa de David, o qual, por conta de seu posicionamento, trazia equilíbrio entre a ambição de Orion e as necessidades do povo.

David, secretamente, aos treze anos já havia tentado matar seu pai, mas tinha falhado. Agora ele era mais forte do que o pai e, se o matasse, o povo o consideraria um herói e o proclamaria rei.

O ódio que David nutria por Orion era grande e tinha certa razão do seu ponto de vista. Sua mãe e sua irmã sempre diziam que a justiça do homem era falha, porém, a de Deus era perfeita. No entanto, ele sempre ignorava.

Certa vez, em uma de suas festas, Orion exagerou novamente na bebida e David aproveitou-se da situação para humilhar o pai, dizendo em voz alta:

– Vejam! Este é o futuro grande rei da Inglaterra: um bêbado que não consegue ir de um lugar a outro!

– David, por favor, tenha mais respeito! É o seu pai e seu rei! – advertiu George, tentando trazer o amigo de volta à razão.

Naquela ocasião, David semeou uma rebelião contra o pai entre os nobres que tinham perdido a fé no rei e que eram facilmente manipuláveis, prometendo-lhes terras e ouro. Ao todo foram sessenta e quatro nobres. Eles pediam a deposição de Orion, alegando que o rei não era capacitado para exercer as responsabilidades do seu cargo e pediam que o príncipe assumisse o trono.

A rebelião era de caráter diplomático e não tinha o apoio popular, pois os nobres pensavam em garantir mais direitos para si. Mas David delatou todos eles ao rei e os rebeldes foram decapitados por alta traição.

Nenhum dos que participaram da Rebelião dos Nobres Descontentes, como ficou conhecida popularmente, acusou o príncipe de ter incitado a rebelião, pois este, além de ser o príncipe, também era o principal conselheiro de Orion e, portanto, intocável. O rei jamais acreditaria na palavra dos homens que se rebelaram contra ele; temiam que, se delatassem o príncipe, pudessem ser submetidos à tortura antes da morte.

David fez isso para gerar medo no pai, pois a base do governo de Orion era a nobreza. E se a base de seu governo lhe fosse tirada, ele não duraria muito tempo no trono.

Orion esperava intimidar o povo, mas, ao contrário, surpreendentemente a execução dos nobres causou revolta entre os súditos, cansados de um rei que matava os que se opunham a ele. Assim, o povo lotou as ruas da cidade pedindo a coroação de David.

Em outra ocasião, David estava andando pelos corredores do palácio quando viu sua mãe chorando e se aproximou dela, perguntando:

– Mãe? O que houve?

Ao perguntar, notou a marca de um tapa no rosto de Alix e ficou furioso, indo direto para os aposentos de seu pai. Quando abriu uma pequena fresta na porta, viu seu pai novamente traindo sua mãe com a dama de companhia dela, o que o deixou ainda mais possesso de raiva. Contudo, David não agiu por impulso invadindo o quarto do rei para tirar satisfações. Ele esperou a dama de companhia sair e a seguiu discretamente, até chegar a um lugar isolado, fora do palácio, sem muita visibilidade; pegou uma faca e a matou friamente. Depois escondeu o corpo em um campo abandonado e voltou para o palácio como se nada tivesse acontecido.

Mais uma vez, David e sua justiça eram falhos, já que ele deixava suas vontades egoístas prevalecerem. Mas logo a justiça de Deus viria sobre ele.

CAPÍTULO 6
Rebeldia tem seu preço

Após o assassinato da amante de Orion, David ainda não estava satisfeito. Ele queria mais de sua justiça. Queria que Orion sofresse por tudo o que havia feito a Camelot e a sua família.

Ao mesmo tempo em que era frio e calculista, David era ansioso e impulsivo. Um dia, ele cansou de esperar e decidiu que, naquela noite, o trono seria seu. Então pediu uma audiência com o pai, dando a desculpa de ser um assunto urgente.

Chegando à sala do trono, David viu Orion sentado no trono e pensou consigo: *É interessante como o poder, a ambição e a sede de sangue motivam pessoas até mesmo como eu, que quero justiça! Agora tudo o que me separa desse trono está sentado nele. Ainda bem... Que todos morrem um dia!*

– Que assunto requer tanta urgência, David? – perguntou Orion, bocejando e demonstrando o desinteresse de sempre.

Naquele momento, um serviçal entrou com uma bandeja de prata trazendo duas taças de vinho. Na taça de Orion, David havia colocado o mesmo veneno usado para matar Edward.

– Obrigado – David agradeceu ao servo, que saiu sem demora. Depois disse ao pai: – Ordenei que nos servissem um pouco de vinho. Experimente! É uma nova remessa vinda de um de nossos feudos na França.

– Obrigado, David, mas não. Eu até beberia... se o vinho não estivesse envenenado! – disse Orion, surpreendendo David.

Dava para ver o fogo de ódio e decepção nos olhos de David. Orion havia descoberto todos os seus crimes e planos. O rei então se aproximou do filho, dizendo:

– Não adianta fingir, David! Acha que não sei que foi você que matou seu irmão Edward? E, ainda por cima, incitou parte da nobreza à rebelião e matou a minha amante? Achou que seu rastro de sangue não seria descoberto? Não acredito que alguém como você tenha sido tão ingênuo a ponto de achar que eu nunca descobriria!

– Como você descobriu? – perguntou David, surpreso.

– Os homens que eram leais a você agora são leais a mim! – respondeu Orion, enquanto subia as escadas que levavam ao trono. Ao sentar-se, completou: – Nada que o dinheiro não pague. Veja, David, o trono de Arthur ainda continua sendo meu! Eu sabia que você não se sentaria nele!

David não acreditava no que estava acontecendo, pois tudo o que havia planejado, agora estava em ruínas. Então Orion estufou o peito e disse:

– Príncipe David, você foi acusado e condenado pelos crimes de assassinato, incitação à rebelião e alta traição! Não merece sequer um julgamento pelos crimes hediondos que cometeu. Merece a morte! Mas como quero que sofra antes disso, eu o condeno ao exílio! Deve sair de Camelot imediatamente, para nunca mais voltar. Agora vá, David! Você deve partir antes do amanhecer. Pode se despedir de sua mãe e sua irmã, mas temo que o tempo será curto para você, pois se não sair de Camelot até o amanhecer, eu mesmo me encarregarei de matá-lo!

David partiu de Camelot, sem rumo, desolado e amargo, jurando vingança contra o pai. Como já estava quase amanhecendo, não teve tempo de se despedir de Alix e de Aurora, nem de George, Allan e John.

Só teve tempo de pegar o máximo de provisões que conseguiu, algumas roupas simples e um punhal.

Sua ausência do reino de Camelot foi justificada por Orion como sendo causada por um sequestro planejado pelo reino de York, o que ocasionou outra guerra, pois todo o povo clamou pela volta de seu amado príncipe e começou uma batalha particular dos súditos para salvá-lo.

Mas em meio ao caos generalizado, o povo descobriu que foi enganado e que, na verdade, David tinha sido expulso do reino, piorando ainda mais toda a revolta em Camelot.

Na noite em que a guerra entre os povos acabou, Alix perguntou a Orion:

– Por que não me disse que tinha expulsado David? Por que o exilou?

Orion respondeu:

– O poder não é para ser compartilhado, Alix! Ele é apenas para as pessoas que se apegam a ele. Essas pessoas tanto se apegam ao poder que só pensam em ter mais e mais poder! E então valores, como o da família, vão se tornando sem importância. Você vai perdendo toda a honra que atrapalha a conquista de mais poder. Você se sente livre de tudo! Às vezes, pode-se encontrar pessoas tão apegadas ao poder quanto a si mesmas. Então passa a ser uma obsessão eliminá-las. David era uma ameaça iminente ao meu poder. Então eu tratei de tirá-lo do meu caminho!

Com o passar do tempo, David se viu sem provisões. Diante de tudo, ele ficou profundamente desmotivado até para caçar seu próprio alimento. O grande príncipe David, Filho de Arthur, não existia mais.

Em dado momento, em seu caminho sem rumo certo, caiu no chão e não tinha mais forças para se levantar de tanta fraqueza, devido à falta de comida.

Um nobre passou a cavalo por aquela estrada.
– Por favor, me ajude! – pediu David.
Mas o nobre fugiu, temendo que fosse um ladrão aplicando alguma emboscada.

Ao pôr do sol, passou um padre e David suplicou:
– Ajude-me, padre! Há dias não como, nem bebo!
– Você só pode estar pagando pelos seus pecados, meu filho! Aceite seu destino e busque ao menos o perdão de Deus – disse o padre, seguindo seu caminho.

Mais tarde, ao cair da noite, David já estava quase morrendo por conta da debilidade que enfrentava.

Sob o céu estrelado, admirando as estrelas, ele começou a se lembrar de sua infância, do colo de sua mãe, das brincadeiras com sua irmã e seus amigos, e de como sua vida era boa sem ódio e sem rancor.

Então, fechou os olhos e disse, com dificuldade:

– Deus, se o Senhor... Existe... Salve-me!

Naquela mesma hora, David ouviu uma voz dizer:

– Olhe para cima!

Ao abrir os olhos, assustado, percebeu que havia alguém molhando seus lábios com água. Depois, o homem o colocou sobre o seu cavalo e o levou para sua casa.

No caminho, ainda atordoado pela fraqueza, David se perguntava: *Que tipo de homem ajudaria alguém que nunca viu, já que outros passaram por mim e até um padre se recusou a me ajudar?*

Já dentro da casa, feita de tijolos com telhado de madeira e palha, o homem colocou David na cama, também de palha. Deu-lhe um líquido amargo e o exilado caiu em sono profundo.

CAPÍTULO 7
Recomeços e ultimatos

Quando acordou, David reparou mais detalhadamente na casa em que estava hospedado: era simples, porém muito acolhedora.

– Poupe suas forças! Deixe-me cuidar de você. – Ele ouviu um homem de certa idade dizer ao vê-lo se levantar. – Meu nome é William. E o seu?

– David BraveSword, antigo príncipe de Camelot – respondeu, ainda meio atordoado. – Onde estamos?

– Estamos em Cameliard. E se você é mesmo quem diz ser... Foi muito injustiçado por seu pai! A notícia de seu exílio se espalhou por toda a Inglaterra.

– Eu mereci tal exílio! – disse David e, logo em seguida, contou sua versão da história.

Ao terminar de ouvir, William comentou:

– Para mim, não importa o seu passado. Aliás, você reconheceu seu erro.

– Responda-me uma pergunta, William. Por que você me ajudou?

William pensou por um tempo e respondeu:

– Porque você precisava de ajuda. O que eu fiz por você foi cristianismo; cristianismo verdadeiro.

– Desculpe-me, William, mas o cristianismo, ultimamente, tem sido tudo menos verdadeiro! Se Deus existe, só consigo ver um Deus irado, capaz de queimar sua própria criação.

– David, o cristianismo é praticado por pessoas, mas não são elas que definem o que é ser cristão. Deus é justo, e tudo o que é bom vem d'Ele! Todo o resto vem dos homens.

– Se Deus fosse justo, teria matado meu pai. Ou então teria impedido a morte de meus irmãos ou... Impedido o meu exílio! Ele não é o Deus do impossível? Não abriu o Mar Vermelho? Não multiplicou os pães e os peixes? Como Ele não pode salvar a vida de umas poucas pessoas?

Com muita tranquilidade, William respondeu:

– Deus, às vezes, permite que coisas ruins aconteçam em nossa vida para que possamos aprender com elas. A justiça divina pode demorar aos nossos olhos, mas vem na hora certa. – Depois, sem muita paciência, ele encerrou, caminhando em direção à porta: – Vamos! Como você não é mais da nobreza de Camelot, tem que trabalhar para comer!

– Não se preocupe! Eu me acostumo rápido – retrucou David, um tanto deprimido, levantando-se e acompanhando o velho William.

Enquanto isso, pelos reinos, havia rumores de que em Camelot o rei Orion estava ficando louco por causa de seus últimos feitos.

Durante uma das pomposas festas da corte, o rei foi interrompido por seu novo general, Addy, que disse:

– Senhor, algumas pessoas do povo pedem para vê-lo e dizem que é urgente.

– Deixe-os entrar, Addy! Vamos ver o que esses insignificantes plebeus têm a dizer.

O general levou os súditos à sala do trono, e o mais velho, que parecia ser o líder do grupo, dirigiu-se ao rei:

– Majestade, perdoe-nos se o incomodamos, mas precisamos falar com o senhor urgentemente!

– Disso eu sei, plebeu. Agora fale de uma vez. O que veio fazer aqui?

– Viemos pedir a diminuição dos impostos, senhor. Não temos mais o que comer. O povo padece de fome. Por favor, clamamos por sua generosidade! Na época em que o nosso amado príncipe David se encontrava entre nós, éramos atendidos por ele. Tudo o que pedimos é um alívio na carga de impostos para que possamos nos alimentar.

Aquelas palavras enfureceram Orion, pois, apesar de ter exilado David, o fantasma de seu filho ainda se fazia presente no meio do povo.

– Acha que sou meu filho? – perguntou Orion, em deboche.

– Não, Majestade! – respondeu o plebeu, encurvando-se, acuado.

– Veio aqui atrás de alívio? – o rei continuou seu questionamento.

– Sim, Majestade!

– Pois encontrou. Darei a ti a morte!

Num instante, Orion sacou sua espada e matou o plebeu. Em seguida disse aos soldados:

– Vão e matem qualquer plebeu que estiver insatisfeito, para que seja contida essa revolta miserável!

Os soldados cumpriram, sem hesitar, as ordens do rei, fazendo daquele o pior massacre da história de Camelot, como não acontecia desde a coroação do rei Arthur.

Desde a partida de David, Orion vivia com alucinações de revoltas o tempo todo e não passava um dia sequer que não pensasse que alguém queria matá-lo.

Certa noite, enquanto estava dormindo, Orion teve um sonho. Nesse sonho um anjo do Senhor vinha a ele, dizendo:

— Orion, rei de Camelot, se te voltares para o Senhor, Ele perdoará teus pecados e sarará a tua terra[1], e te fará grandioso. Porém, se não obedeceres ao Senhor, Deus do Universo, e não voltares o teu coração para Ele, outro homem da casa de Arthur tomará teu trono e reinará com justiça divina em toda a Inglaterra, sendo amado por todo o povo, e tu serás esquecido para todo o sempre!

— Quem será esse homem? — perguntou Orion, indignado, ao anjo.

— Isso só Deus sabe.

Assim que o anjo desapareceu de seu sonho, Orion acordou suado e trêmulo. Comentou com a esposa e a filha sobre o sonho que teve. Porém, em sua vaidade e sede de poder, tapou os ouvidos para Deus. As queixas sobre seu reinado aumentavam a cada dia entre o povo, que sofria com os impostos altos, as matanças sem sentido e a pobreza extrema.

Orion piorava cada vez mais. Sempre que desconfiava que alguém, da nobreza ou do povo, estivesse tramando uma rebelião, acusava e mandava enforcar em praça pública, sem mesmo haver um julgamento. E não satisfeito apenas com sua decisão, ele se deliciava

---

1 2 Crônicas 7:14.

ao ver o sofrimento dos outros, principalmente de sua esposa, a rainha Alix, quando ele estava em alguma de suas muitas aventuras amorosas.

– Até quando meu pai será cruel a ponto de matar as pessoas por prazer? Essas execuções sem sentido demonstram o quanto ele está louco! Ele mata pessoas para conter uma rebelião que não existe! Mesmo depois de ouvir uma mensagem do próprio Deus, ele não muda! – comentou Aurora, muito desapontada, conversando com sua mãe.

– Existem dois tipos de pessoas que ouvem a voz de Deus, minha filha: as que ouvem, mudam sua forma de pensar e agir e obedecem a Deus... – disse Alix, mantendo o olhar longe como se estivesse pensando.

– E o segundo tipo de pessoa? – perguntou Aurora, curiosa.

– O segundo tipo de pessoa é aquela que ouve, mas mesmo assim não muda, e se afasta de Deus dia após dia. Seu coração de pedra fica mais endurecido, até que Deus não tem outra escolha a não ser deixá-la à mercê da própria sorte – concluiu Alix, um tanto entristecida e lembrando-se de David.

– Acha que isso pode acontecer com meu pai? – perguntou Aurora, preocupada.

– Já está acontecendo, minha filha! – respondeu Alix.

CAPÍTULO 8
Mau presságio

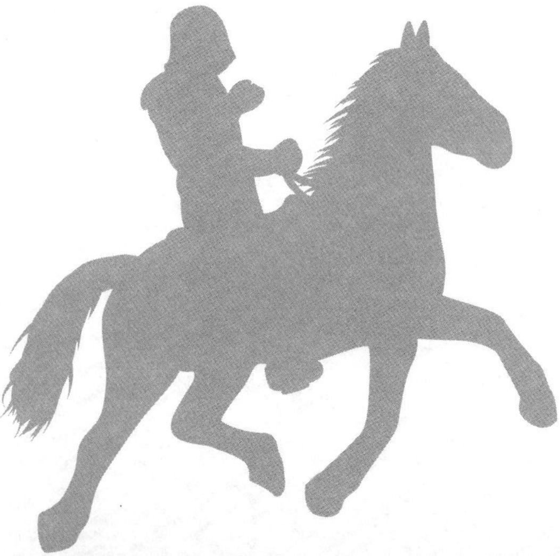

Em Cameliard, David trabalhava com William na plantação de trigo de um senhor feudal local, chamado Harry Walter, que era casado com uma francesa de nome Dionísia. Esses dois eram injustos e não tinham piedade dos demais. E o filho deles, Richard, de dez anos, era tão mau quanto os pais.

Na plantação de trigo havia feitores injustos como seus senhores, pois tinham a intenção de ganhar favores deles.

Certa vez, enquanto David trabalhava no campo, observava que Richard humilhava os servos que estavam lavorando. Então, disse secretamente a William:

– Alguém tem que dar uma lição nesse menino!
– David! Chega! Trabalhe que você ganha muito mais! – sussurrou William no ouvido de BraveSword.

Quando David passou perto do garoto, Richard colocou o pé na sua frente, de forma que o homem tropeçou e caiu.

Ao se levantar, David deu um golpe em Richard, que foi parar longe da vista de todos, inclusive do senhor feudal, o qual assistiu ao ocorrido e ficou suspeitando de que aquele simples servo não era o que aparentava ser. David se desculpou dizendo que aquilo havia sido um acidente, quando na verdade queria ter matado o menino.

No fim do dia de trabalho, William disse a David:

– Seria melhor que você tomasse mais cuidado, pois se descobrirem quem você realmente é, pode acontecer alguma coisa indesejável.

David respondeu:

– Se esse menino é assim agora, imagine quando virar um homem! No que depender de mim, esse menino está morto. Se ele morrer, vai evitar o sofrimento de muitos.

No dia seguinte, um domingo, todos estavam em uma missa na catedral, quando o padre disse:

– Ao comprarem a indulgência que está em minhas mãos, eu lhes garanto que serão livrados de mil anos no purgatório. E com essa ajuda, construiremos a nova catedral!

As indulgências eram cartas que as pessoas compravam e que, segundo os padres, garantiam o perdão de Deus.

– Se Deus fosse mesmo misericordioso, não precisaria de dinheiro para perdoar nossos erros. É por isso que eu digo que Deus é a pessoa mais egoísta que existe; se é que Ele existe! – resmungou David.

– Deus não tem culpa se alguns dos homens que o representam são covardes e aproveitadores – retrucou William.

– Como assim?

– Quando Deus criou o homem, poderia ter feito dele alguém que não pensasse, mas fez um ser pensante. Deu a cada um o que chamamos de livre-arbítrio – explicou William.

– Quer dizer que, além de egoísta, Deus é burro?! É pior do que eu pensava! – ironizou David. E depois continuou: – Então foi por isso que Adão e Eva comeram do fruto proibido, certo? Péssima ideia esse livre-arbítrio!

William, então, replicou:

– Se você não tivesse livre-arbítrio, concordaria com todas as maldades de seu pai, pois não teria a capacidade de discernir o que é certo do que é errado.

David ficou calado, pois viu que havia coerência nas palavras de William, que continuou:

– Deus nos deu o livre-arbítrio por amor, pois nos criou à Sua imagem e semelhança. Ele não queria um servo quando criou o homem, mas sim um amigo. Foi a humanidade que desperdiçou a chance de se ligar diretamente a Deus, e assim este mundo ficou do jeito que está. Antes do pecado ele era perfeito, mas o homem fez tudo isso se perder, quando passou o controle deste mundo ao diabo após ter comido do fruto proibido. Deus não tem culpa das escolhas dos homens, David. Se os padres do nosso tempo são aproveitadores, é porque essa foi a escolha deles.

– Então o livre-arbítrio é realmente a pior coisa já criada na história! – interpretou David.

– Não é bem assim, meu amigo. Por não querer servos, mas sim amigos, Deus fez um plano para salvar o homem: o sacrifício do seu Filho. – William finalizou assim a explicação.

CAPÍTULO 9
Redenção

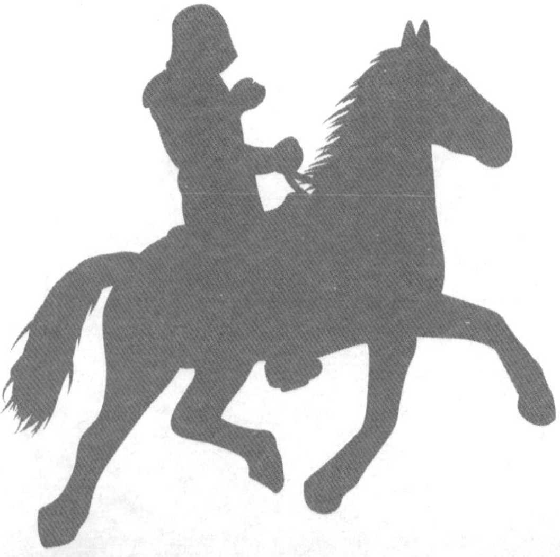

Depois da missa, David e William foram para casa e o príncipe exilado fez uma pergunta:

– Então, William, esse... Filho de Deus, no qual vocês cristãos acreditam... Jesus é o nome dele, certo?

– Sim – respondeu William.

– Conte-me sobre Ele, do início ao fim! – David pediu.

Então William contou toda a história da redenção a David, e, para sua surpresa, o príncipe exilado prestou bastante atenção em tudo que ouviu. Ao final, questionou:

– Nunca duvidou de sua fé, William?

– Não, mas entendo a sua revolta. Sinto-me ultrajado quando "homens de Deus" covardemente oferecem o perdão do pecado em troca de dinheiro, pois, como falei, isso é dado de graça a todo aquele que aceita Jesus como único e suficiente salvador. Mas nem todos são assim! Mesmo que muitos tenham se corrompido e usem a Palavra de Deus como escudo para suas vontades, conheci um padre que nunca se maculou. Ele acreditava que somos salvos pela graça, quando cremos plenamente que Jesus é o Filho de Deus.

– Como ele chegou a essa conclusão? – perguntou David, intrigado.

William pegou uma Bíblia ocultada sob o assoalho onde estava a mesa de jantar e abriu, em seguida, em um versículo, que leu em voz alta:

– O justo viverá pela fé[2]...

– Quer dizer que é só acreditar em Jesus que está tudo resolvido?

– Não. Primeiro nós acreditamos n'Ele, e depois agimos conforme a Sua vontade. Isso é cristianismo, David! É viver de acordo com o que se crê, cuidar dos órfãos e das viúvas e não se contaminar com o mundo. Esse é o verdadeiro cristianismo!

Enquanto isso, na moradia de Harry Walter, sua esposa Dionísia dizia a ele:

– Lembra-se daquele servo que deu um golpe em nosso Richard na plantação ontem à tarde?

---

2 Hebreus 10:38.

– Sim, por que pergunta?

– Ele não parece ser apenas um simples servo. Ele tem alguma coisa a esconder.

– Tem razão, Dionísia. Alguma coisa ele tem. E nós vamos acabar descobrindo. Mas, no momento, vamos dormir, porque agora é um simples servo – disse Harry em tom de ironia, cobrindo-se para dormir.

No dia seguinte, todos dançavam, comiam e bebiam durante a celebração de um casamento na vila dos camponeses. Mas a alegria acabou quando Harry e sua família chegaram montados a cavalo, com um destacamento de vinte homens armados.

– Vim exigir meu direito à *primae noctis*! – disse Harry cheio de autoridade.

A "primeira noite" era um direito que os senhores feudais tinham de passar a noite de núpcias com uma camponesa que se casasse em seu feudo antes do próprio marido. Caso algum camponês tentasse se casar em segredo, ao ser descoberto, logo era morto.

Dois soldados seguraram o noivo para que ele não agredisse Harry, enquanto outro mantinha a noiva, desesperada, presa em suas mãos.

Tudo corria bem para os direitos de Harry, até que David, indignado com a situação, pegou a espada de um dos soldados, derrubou Dionísia e Richard dos seus cavalos, e disse a Harry:

– É melhor renunciar ao seu direito, seu desgraçado, ou dê adeus a sua família!

Enquanto dizia isso, David mantinha, em uma mão, a espada na garganta de Richard e na outra, segurava violentamente o cabelo de Dionísia.

Harry viu que havia um soldado armado com uma espada atrás de David e não acreditou que ele tivesse mesmo a coragem de matar uma mulher e uma criança. Por isso ordenou:

– Prendam este homem!

Na mesma hora, David rasgou a garganta de Richard e, segurando Dionísia ainda pelos cabelos, cravou a espada em sua barriga. Depois disso, avançou em direção aos soldados, matando todos que surgiam em sua frente. Ao final, apesar de ter ferido Harry gravemente, este conseguiu desarmá-lo e um soldado sobrevivente da chacina o rendeu.

David foi julgado na mesma hora e condenado a morrer lentamente, pendurado por duas correntes, recebendo vinte e duas chibatadas por cada homem que matou, incluindo o filho e a esposa do senhor feudal; além de receber uma surra dos outros soldados de Harry.

À noite, David já estava praticamente sem forças. Havia apanhado demais e estava sem comer e beber há bastante tempo.

Ele pensava em como a sua vida era boa antes de ver seus irmãos serem decapitados na sua frente. Lembrou-se de que naquele dia orou a Deus pedindo para que os salvasse e, como nada aconteceu, revoltou-se e tornou-se o homem que era.

Então ele se pegou observando novamente o céu estrelado, como se estivesse olhando para tudo o que havia perdido por causa do orgulho e da raiva. E, pela primeira vez em quatorze anos, David orou.

– Oh, Deus! O que o Senhor quer de mim? Onde estava quando meus irmãos foram mortos? Se o Senhor é mesmo o Deus que fez um menino vencer o gigante, o mar se abrir, as muralhas caírem, a água sair da rocha, o cego enxergar, o paralítico andar, o leproso ficar limpo... Se fez mesmo tudo isso... Por que não salvou a vida dos meus irmãos? Se tudo o que aconteceu na minha vida foi merecido, então mate-me! Mate-me!

David gritava, aos prantos. E, ao acabar de dizer essas palavras, desmaiou. Em sonho, viu uma luz surgir na escuridão e dela alguém vir em sua direção.

Ele nunca tinha visto aquele homem, mas tinha a impressão de que o conhecia, então perguntou:

– Quem é você?

– Eu Sou o que Sou! – respondeu o homem.

David não entendeu e perguntou de novo, dessa vez de forma mais lenta, devido à fraqueza de seu corpo:

– Quem é você? E o que quer comigo?

– Eu Sou o Senhor. O Deus dos teus antepassados. Vim a ti por amor a tua mãe e a tua irmã e porque ouvi o teu clamor e a tua angústia. Não temas, meu filho, pois Eu te escolhi para trazer justiça à tua terra e livrar o teu povo dos inimigos. Sejas forte e corajoso, não temas nem te espantes, pois Eu sou o Senhor teu Deus e irei contigo onde pisares. Se guardardes toda a Minha Lei, teus descendentes serão, para sempre, meus servos e Eu serei o Deus deles e habitarei no meio deles e eles serão meus filhos e Eu serei seu pai[3]. Assim como Fui com os teus antepassados, Eu serei contigo! – disse Deus.

– Mas Senhor, eu sou um assassino, um exilado, um fora da lei, eu não mereço isso... Eu... – disse David, e foi interrompido por Deus.

---

3 2 Samuel 7:14.

— Eu sou o Senhor que conhece e sonda o coração dos homens. Agora vá e cumpra tua missão!

— Mas, Senhor, e...

David se contorceu e chorou diante de tamanho poder e autoridade, e Deus, vendo isso, disse com mansidão:

— Ah, David! Eu sei que muitos não irão te ouvir, sei que muitos irão se opor a ti, mas permaneças em Mim! Dê a Mim teu fardo, pois Eu alivio a carga do cansado e faço dele livre. Meu servo e meu filho! Se não te escutarem, farei por meio de ti meus sinais e todos saberão que Eu sou o Senhor, Deus de todos, seja dos ricos, seja dos pobres! Eis que te liberto da raiva, do orgulho, da mentira e da falta de fé e te perdoo. Muito mais do que meu servo, Eu torno a ti meu filho.

Naquele momento, David despertou e as correntes que o prendiam foram quebradas pelos guardas.

Os soldados o levaram, com os pés arrastando pelo chão, para o castelo do senhor feudal, mais precisamente para os aposentos de Harry, que se contorcia de dor em seu leito, e foi o primeiro a falar:

— Como se sente?

– Eu me sinto arrependido. Sei como é sofrer por alguém que amamos que nunca mais vai voltar – respondeu David.

– Eu duvido muito!

– Posso lhe contar minha história, senhor?

– Está aqui para isso! Vamos, comece! – ordenou Harry.

David então suplicou:

– Antes de tudo, sei que isso irá surpreendê-lo ou mesmo irá-lo, mesmo assim peço o seu perdão – disse David abaixando a cabeça.

– Como se atreve?! Você matou minha mulher e meu filho! Minha esposa ontem à noite havia dito que você não era um simples servo, e hoje vi que ela estava certa. Quem é você, verdadeiramente? – questionou Harry, enfurecido.

– Eu sou David BraveSword, filho de Orion, príncipe de Camelot.

– Eu ouvi bem? Você é David BraveSword?

David contou sua história até aquele momento e Harry ouviu tudo com atenção. Quando terminou, Harry disse rispidamente:

– Vou libertar você por ser filho de Orion! Mesmo querendo matá-lo, tenho certeza de que ele não suportará a ideia de que outro faça o serviço. Vá antes que eu mude de ideia! Algo me diz que fala a verdade e que estou sofrendo as consequências dos meus atos.

David saiu imediatamente dali, indo depressa até a casa de William. Chegando lá, contou sua experiência ao amigo, que exultou de alegria por ele ainda estar vivo. Quando acabou de contar o que havia acontecido, David perguntou ao amigo:

– Certa vez você me disse que o batismo representa o nosso compromisso de viver uma vida nova com Deus e que o jeito correto de batizar uma pessoa é mergulhando-a na água, certo?

– Certo. Mas... Por que pergunta?

– Eu quero ser batizado por você, meu amigo! Faria isso por mim?

– Claro que sim, meu amigo teimoso! – William estava realmente feliz.

Os dois se abraçaram, dando risadas, e partiram em direção a um lago distante do feudo, tomando cuidado para não serem vistos, pois ninguém sabia da decisão de Harry Walter de libertá-lo.

Naquelas águas, ao nascer do sol, David foi batizado. Dali resolveram se despedir e ir cada um para o seu lado, para não chamar atenção dos soldados.

Infelizmente, David e William nunca mais se viram, mesmo o príncipe tendo procurado por seu amigo pelo resto de sua vida.

Durante o batismo, William havia dado um presente a David: a Bíblia que estava em sua família havia gerações. Naquela Bíblia, David encontrou um Deus pessoal e a verdade que mudaria a vida dele e a de muitos em toda a Inglaterra.

CAPÍTULO 10
O começo

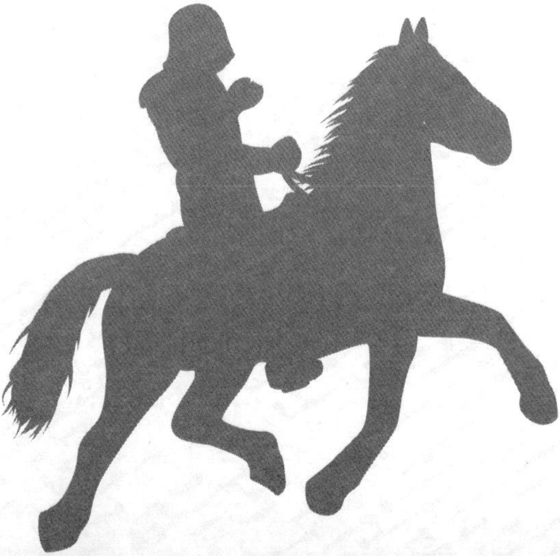

Anno Domini 1246.

Durante os três anos do exílio de David, Orion tornou-se cada vez mais injusto e perverso. Seu povo não aguentava mais tanta tirania.

O reino justo de Arthur era passado. E para conter as inúmeras rebeliões em seus reinos, vários reis formaram uma coalizão da qual Orion era o líder, logicamente por ser o mais rico, devido à quantidade de impostos cobrados em seu reino.

Sozinho, David foi se refugiar na ilha de Avalon e de lá não saiu mais, porque sempre teve tudo que precisava. Até que, certo dia, decidiu que não era justo que seu povo passasse por tantas dificuldades nas mãos de reis egoístas, como soubera por viajantes no caminho de Avalon, enquanto ele vivia com fartura em sua ilha.

Decidiu então voltar para Cameliard, o reino no qual encontrou sua redenção. David não sabia o que iria acontecer, mas tinha fé de que Deus o guiaria.

A ilha não ficava muito distante de Cameliard, por isso David chegou ao entardecer. Ele entrou em uma estalagem, sentou-se a uma mesa e, antes de solicitar um quarto, orou a Deus:

– Senhor, não é justo que meu povo sofra enquanto eu vivo no conforto. Só não sei por onde começar. Então, comece por mim!

No dia seguinte, após uma noite de sono revigorante, David saiu para caminhar pela cidade. Quando chegou à praça principal, ele apreciava o vento, que estava forte, e de repente uma folha de papel foi jogada em seu rosto. Quando a pegou, leu o que estava escrito: "Está sendo oferecido o serviço de escudeiro do rei. Os interessados devem dirigir-se ao castelo".

Muitos procuraram e batalharam pela vaga, mas David foi o escolhido por sua dedicação.

No primeiro dia de trabalho, David conheceu o rei de Cameliard, Leodengrance II, o sábio. Ele era um homem alto, de barba e cabelos longos e grisalhos, já com uma certa idade, porém ainda com bastante força e vitalidade. Era um rei justo e bom para seu povo, mas constantemente atacado pelos reinos vizinhos. Seus soldados estavam ficando desanimados com a guerra que não acabava nunca e seu povo estava faminto, pois os outros reis sabotavam o envio de suprimentos a Cameliard. O maior responsável por isso era o rei Hugo IV, o invencível, do reino de Bristol.

Leodengrance II fez apenas uma pergunta para saber se poderia confiar no seu escudeiro, enquanto encarava seus olhos, como se pudesse penetrar sua alma:

– Então, meu jovem, você vai me trair?

David, olhando fundo nos olhos do rei, disse:

– Nunca o trairei, meu rei, mas acredito que Deus e o tempo irão provar isso!

Meses depois, Cameliard foi atacada pelo reino de Bristol. Leodengrance II liderava a defesa da cidade, mas a situação era crítica. O arremesso vindo de uma catapulta inimiga destruiu uma das muralhas de Cameliard e os soldados de Bristol tentaram entrar pelo buraco que haviam feito, mas foram barrados pelos soldados de Leodengrance. Porém, as chances de resistirem ao ataque por mais tempo eram mínimas.

Enquanto isso, chuvas de flechas e pedras flamejantes saíam dos dois lados do campo de batalha, voavam pelo céu e acertavam seus alvos. A cidade estava sendo destruída!

De repente, um arqueiro atirou uma flecha contra o rei. David, percebendo a quem atingiria, imediatamente usou seu escudo para protegê-lo, o que deixou o rei bastante grato e surpreso.

O soberano de Cameliard também estava espantado com a capacidade de liderança que aquele mero escudeiro exercia sobre o exército. Enquanto seus generais recuavam, David, com apenas um destacamento de cinquenta homens, matou fileiras de soldados inimigos, dando ao exército confiança para o resto da batalha.

O exército que antes estava perto da aniquilação recobrou as forças e levou o inimigo para campo aberto, a uma distância considerável da cidade, lutando até que os invasores batessem em retirada. Naquele dia David tornou-se o herói da cidade, salvando o reino de Cameliard da destruição completa.

No dia seguinte, David foi chamado à presença do rei na sala do trono.

– Quando vi que liderou meus homens como um verdadeiro general, notei que você não é um simples plebeu, e que, por acaso, é meu escudeiro. Quem você realmente é? – perguntou Leodengrance II ao herói do povo.

– Se eu dissesse quem eu sou, meu rei não acreditaria!

– Quando nos conhecemos, disse que nunca iria me trair, e que apenas Deus e o tempo iriam provar isso. E foi exatamente o que aconteceu. Por isso, confio a você até mesmo a minha vida! Então, me diga: quem é você?

David não via mais como continuar mantendo sua identidade oculta, então revelou-se:

– Eu sou David BraveSword.

Leodengrance II levou o maior susto de sua vida ao saber que seu escudeiro, na verdade, era um príncipe exilado.

David contou sua história ao rei, que acreditou em cada uma das suas palavras.

Daquele dia em diante, ele se tornou chefe da guarda pessoal de Leodengrance II e foi conquistando, cada vez mais, a sua confiança.

CAPÍTULO 11
O amor é uma surpresa

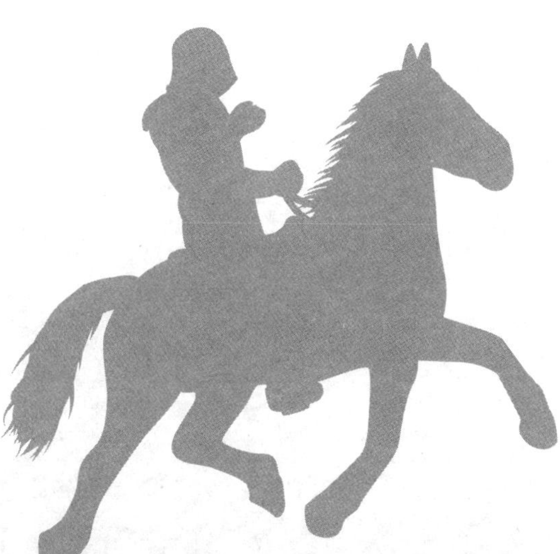

Mesmo depois de ganhar a confiança do rei, David nunca se afastou do povo, e este era um dos motivos de ser o herói de Cameliard: se importar com as pessoas ao seu redor, independentemente de quem fosse, pois não era orgulhoso como a maioria dos líderes de sua época.

Certa vez, ele viu dois homens atacarem uma mulher na rua e, ao se aproximar deles, disse:

– Chega! Deixem essa mulher em paz!

Os homens ignoraram o seu pedido e foram em direção a David para atacá-lo.

Eram homens fortes e robustos, cada um com sua espada. No entanto, apesar de serem dois, David simplesmente os desarmou com alguns golpes e os expulsou dali.

Depois, perguntou à moça:

– Está tudo bem?

Quando se aproximou, David realmente percebeu a beleza daquela mulher e, ao se encararem, ficou sem reação, completamente imóvel por longos e eternos segundos, diante da mulher mais bonita que já tinha visto: seu rosto e sua pele eram perfeitos, seus cabelos longos e ruivos e seus olhos verdes davam a impressão de que um anjo estava ali.

A linda mulher também ficou bastante surpresa com a presença de David, pois além de tê-lo achado muito bonito, sabia de quem se tratava. Ela o encarava admirando seus cabelos na altura dos ombros, sua barba rasteira, seus olhos castanhos brilhantes e seu tipo físico forte e alto. E, para completar, ele acabara de salvar sua vida, então, era também seu herói.

David gaguejou um pouco, tentando falar alguma coisa; no entanto, não conseguiu. Então, ela respondeu, com um largo sorriso, devolvendo-lhe a pergunta:

– Eu é que pergunto: você está bem?

– Estou! – David conseguiu enfim responder, e continuou: – Que indelicadeza a minha! Qual é o seu nome?

– Ana, general David – disse a moça com um sorriso tímido e se foi.

Naquela noite, ao se deitar para dormir, David não conseguia tirar a imagem do rosto da moça de sua cabeça. Então, pensou: *Seria por acaso má ideia reencontrar Ana naquele mesmo lugar?*

E, com seus pensamentos em Ana, adormeceu.

No dia seguinte, enquanto David cuidava da guarda pessoal de Leodengrance II, o rei lhe disse, apontando para uma cadeira próxima a ele:

– David, deve estar faminto! A minha refeição acabou de chegar. Por que não se senta?

Sem muita cerimônia, David respondeu:

– Que ótimo, estou morto de fome! A propósito, se Vossa Majestade me permite, o rei já foi casado?

Leodengrance II respondeu, emocionado:

– Sim! Por quarenta anos! Os melhores de minha vida! Quando se é casado, você deve fazer tudo pela pessoa que ama: recuar quando necessário, respeitar, estender a mão quando ela cair, e ela deve fazer o mesmo. Um casamento pode ter tudo isso, mas, sem amor... Nada disso vale. Nós tivemos dois filhos. O primeiro morreu logo após o parto, mas foi nesse momento de dor que nosso amor se fortaleceu. Nós buscamos a Deus e o Seu amor nos consolou. Cinco anos depois Ele nos deu uma nova alegria, uma menina. E há dez anos estou viúvo.

– Nunca se revoltou contra Deus? – David perguntou, pensativo.

– E por que faria isso? O Senhor deu, o Senhor tomou, bendito seja o nome do Senhor[4]. Tudo no mundo pertence a Ele. Eu só tenho o que agradecer pelo meu casamento e pela minha filha – respondeu o rei, com um sorriso no rosto.

– Ainda não me disse o nome de sua filha, senhor! – ressaltou David, interessado na história do rei.

– Ah, pois é! O nome dela é Ana. Também conhecida como StonePeace, que significa "pedra da paz".

Naquele instante, as portas dos aposentos do rei se abriram e, para a surpresa de David, lá estava Ana, a filha do rei. A mesma mulher dos cabelos longos e ruivos e de olhos verdes que o deixara paralisado por tanta beleza após salvá-la.

Ao notar que David estava com seu pai, Ana se assustou e, percebendo o clima estranho entre os dois, Leodengrance II perguntou à filha o que estava havendo. Ela lhe explicou nos mínimos detalhes como foi salva pelo general, que, ao ouvir como enaltecia o ocorrido, corou de vergonha.

Quando a princesa terminou, o rei disse:

---

4 Jó 1:21.

– Parece que o general ganhou também a confiança de minha filha!

– É... Me sinto... Muito honrado... Por isso – disse David, constrangido pela situação.

Quando acabaram de comer, David e Ana foram dar um passeio pelos corredores do palácio. Ele contou a ela sua história.

– Quer dizer que você gosta de se misturar ao povo? – perguntou David.

– Sim. Isso o incomoda?

– Não. Acho nobre de sua parte. Também penso da mesma forma. Só perguntei porque, de onde eu venho, as mulheres do palácio são mais... Como posso dizer... Não enxergam o mundo fora do castelo.

– Eu entendo. Aliás, não é todo dia que se é salva pelo herói de Cameliard e de Camelot – comentou ela sorrindo.

– Não poderia deixar você sozinha naquela hora – esclareceu David, preocupado com o que poderia ter acontecido.

– Quem dera eu tivesse ao menos um punhal comigo naquela hora – Ana pensou alto.

– Sabe lutar? – David perguntou, surpreso.

– Sim, por que a pergunta?

— É porque não é muito comum as mulheres em Camelot saberem lutar. Isso me faz lembrar a minha irmã. Vocês duas iam se gostar muito, e eu adoraria ver você lutando!

— Por que não vamos à área de treinamento?

— Ótima ideia!

Ao ver Ana demonstrando seus talentos de luta, o jovem general se impressionou com a força da princesa, apesar de ainda ter muito o que aprender.

A partir daquele dia, ele passou a treiná-la com frequência.

Ana via em David um homem bom, não só como guerreiro, mas também na vida: o jeito como ele tratava as pessoas, sua história, sua honra e o que aquele jovem iria se tornar. Tudo isso a encantava. E não demorou muito tempo para os dois se tornarem amigos.

Certo dia, o rei anunciou que Ana havia sido prometida a um nobre chamado James Henry, do reino de Norwich. Aquilo entristeceu demais David, que desejava pedir a mão de Ana em casamento.

Quando tiveram tempo para conversar, ela lhe disse:

— Você deveria ter sido mais rápido!

— Eu estou muito feliz por você. Não quero ser uma barreira entre você e o seu noivo – retrucou David, entristecido, apesar de sincero.

– Quem disse que você é uma barreira? Você é o meu melhor amigo! Quando eu soube da morte da minha mãe, fiquei muito revoltada com Deus, mas uma voz na minha cabeça disse: "O Senhor deu, o Senhor tomou; bendito seja o nome do Senhor". Hoje, ao saber desta notícia, era para eu ter ficado revoltadíssima com Deus, mas, se essa é a vontade d'Ele, eu farei! Foi assim que meu pai me ensinou. Se Deus não quiser que fiquemos juntos, assim seja! – disse Ana, com lágrimas nos olhos.

Eles se abraçaram e David falou, contendo o choro:

– Ainda bem que você não é como eu era!

O tempo foi passando e eles foram se acostumando tanto com a ideia do noivado que James e David se tornaram bons amigos.

No meio do ano, o reino de York começou a marchar contra Cameliard. Leodengrance II reuniu as tropas e foi para um vale bem longe da cidade, para evitar a morte de inocentes.

O dia estava nebuloso e a qualquer momento poderia chover, o que favoreceria o exército de York por conhecer o terreno melhor.

Então David, por ser muito bom estrategista e saber que o exército de York tinha muito mais homens, decidiu, juntamente com o rei Leodengrance II e com

James, atacar antes de chover, dividindo o exército a fim de surpreender o inimigo por todos os lados.

O exército de Cameliard foi com tudo para cima do inimigo, atacando de todas as direções e causando uma confusão. Mas logo York entendeu como neutralizar Cameliard e obteve vantagem.

Em determinado momento da batalha, David foi surpreendido pelo ataque de um soldado e se preparou psicologicamente para morrer, aceitando que aquele poderia ser seu fim. Mas o rei, que estava próximo e assistiu ao fato enquanto lutava, conseguiu salvar a vida de David cravando uma espada nas costas do inimigo e dizendo em seguida:

– Acho que agora paguei a minha dívida!

– Em se tratando de vidas, não há dívidas, meu rei! – David replicou com imensa gratidão.

No momento seguinte, após matar um inimigo, David viu James ser alvejado violentamente por uma flecha. Desesperado, ele levou seu amigo para uma tenda de curandeiros próxima à batalha.

Depois de examinar James, o padre disse:

– Não há jeito para este homem! Somente a graça divina pode salvá-lo agora!

David se encheu de raiva e disse:

– Graça Divina?! Precisamos mais do que Graça Divina! Precisamos que ele viva!

Então uma voz serena e tranquila disse ao seu ouvido: "A Minha Graça te basta!".[5]

– David, quando voltar vitorioso para Cameliard, prometa-me que vai cuidar de Ana. Faria isso por mim? – sussurrou James, interrompendo os pensamentos do amigo.

– Cuidarei dela mais do que de mim mesmo! – David respondeu, com lágrimas contidas em seus olhos, fazendo de tudo para elas não caírem.

– Obrigado, meu amigo! Obrigado! – disse James, dando seu último suspiro.

Tomado por um misto de tristeza e força, David voltou para o campo de batalha com uma nova estratégia, formando uma falange[6]. Enquanto isso, o rei Leodengrance II comandava a cavalaria, dando a volta pelo seu acampamento, passando pela intensa neblina e cortando as linhas inimigas pelo meio.

---

5 2 Coríntios 12:9.
6 Formação de batalha que reúne os soldados em um ou mais grupos, com os escudos à frente do tronco e acima da cabeça e lanças entre eles, com objetivo de empurrar o inimigo e assim ganhar terreno e vantagem sobre ele.

Quando sentiu que a vantagem tinha voltado para o seu lado, mandou que a falange atacasse, garantindo assim a vitória.

Ao final da batalha, David viu os inimigos fugindo feito um rebanho assustado, mas, ao abaixar a cabeça, ouviu o som de um homem que parecia ter pelo menos quarenta anos, chorando, prostrado, a morte do filho estirado no chão.

– Era seu filho? – perguntou David, ajoelhando-se ao lado do pai inconsolável.

– Sim, o mais velho. Tenho outros quatro em casa.

– Ao menos Deus lhe deu a graça de ter mais filhos, não que este tenha menos valor que os outros. Imagino que, mesmo assim, a dor de perder um filho seja inexplicável.

– Eu sei! Só Deus sabe a dor que estou sentindo! Mas meu filho sabia os riscos que corria como soldado e, mesmo assim, ele deu a sua vida para salvar a minha, para salvar o nosso reino, os nossos descendentes! Ele morreu lutando por uma terra de paz! Ele morreu lutando por você! – disse o homem, secando as lágrimas, e continuou, olhando nos olhos de David: – General, o senhor é um anjo de Deus em nosso reino. Antes, não víamos esperança para o futuro, mas, por seu intermédio, o Altíssimo nos deu a esperança. Eu pensei que, quando o rei Leodengrance II morresse, jamais viveria para ver homens como o senhor liderarem o nosso povo com justiça, retidão e temor a Deus. Eu agradeço todos os dias a Deus por ter nos enviado o senhor, e meu filho morreu como um homem honrado, lutando por Deus, por sua justiça e por um líder de verdade!

David segurou as lágrimas e perguntou ao homem:

– Conhece o Descanso dos Valentes?

– Sim! É o lugar onde são enterrados os mais valentes guerreiros de Cameliard! – respondeu o homem, com certa desconfiança.

– Pois saiba que pedirei ao rei para que enterre no Descanso dos Valentes o seu filho e todos os nossos homens que morreram aqui! Serão para sempre lembrados como heróis. E, se o senhor quiser, quando morrer, terá o direito de ser sepultado lá também!

O homem agradeceu, abraçando-o emocionado.

Na volta para Cameliard, David, mais uma vez, foi recebido como herói. Dessa vez, no entanto, não estava feliz, mas sim de luto pelo amigo morto.

Ao receber a notícia da perda de seu noivo, Ana ficou inconsolável tanto quanto David por perder seu amigo.

James foi enterrado com todas as honrarias às quais tinha direito no Descanso dos Valentes, assim como todos os outros guerreiros que morreram naquela batalha.

Alguns meses depois, superado o luto pela perda de James, o sorriso estava de volta ao rosto de Ana e de David. O rei Leodengrance II aproveitou e chamou seu general para a sala do trono em particular.

– David, estou muito feliz que a alegria tenha voltado à sua vida e à de minha filha. Estava com saudade das suas piadas e risadas.

– Não faz ideia de como senti falta disso, meu rei! – respondeu David.

– A morte de James foi sentida por todos nós! – disse o rei.

– James morreu lutando pela honra, pela justiça e pela liberdade de seu povo. Será lembrado para sempre por sua bravura na batalha e como um grande guerreiro!

– Sim, foi mesmo! E, como sabe, com a morte dele, fiquei sem herdeiros para o trono.

– Sinto muito, senhor.

– Por isso eu escolho você para governar este reino depois da minha morte.

David ficou surpreso e retrucou:

– Por que eu?

– Você ainda pergunta? Olhe para a sua história! E tem mais: eu lhe dou a mão de minha filha em casamento. Sei que você e Ana são apaixonados um pelo outro há muito tempo. Vi que, mesmo assim, vocês decidiram fazer o que era certo aos olhos de Deus. E, com certeza, isso é primordial em um casamento: a vontade de Deus – explicou o rei, orgulhoso.

– Eu não acredito! Eu realmente amo sua filha desde o momento em que a vi pela primeira vez! – David replicou não se contentando de alegria.

– Acredite! Porque ela está ouvindo esta conversa! – completou o rei, falando com sua filha: – Pode entrar querida, beije seu noivo!

No dia seguinte, David foi consagrado cavaleiro e herdeiro do trono. O povo exultou em festa e a felicidade foi ainda maior com a notícia do noivado de Ana e David.

Pouco tempo depois, David e Ana se casaram. Nunca houve dia mais feliz em toda a história do reino de Cameliard. O casamento do herói do povo e da princesa amada.

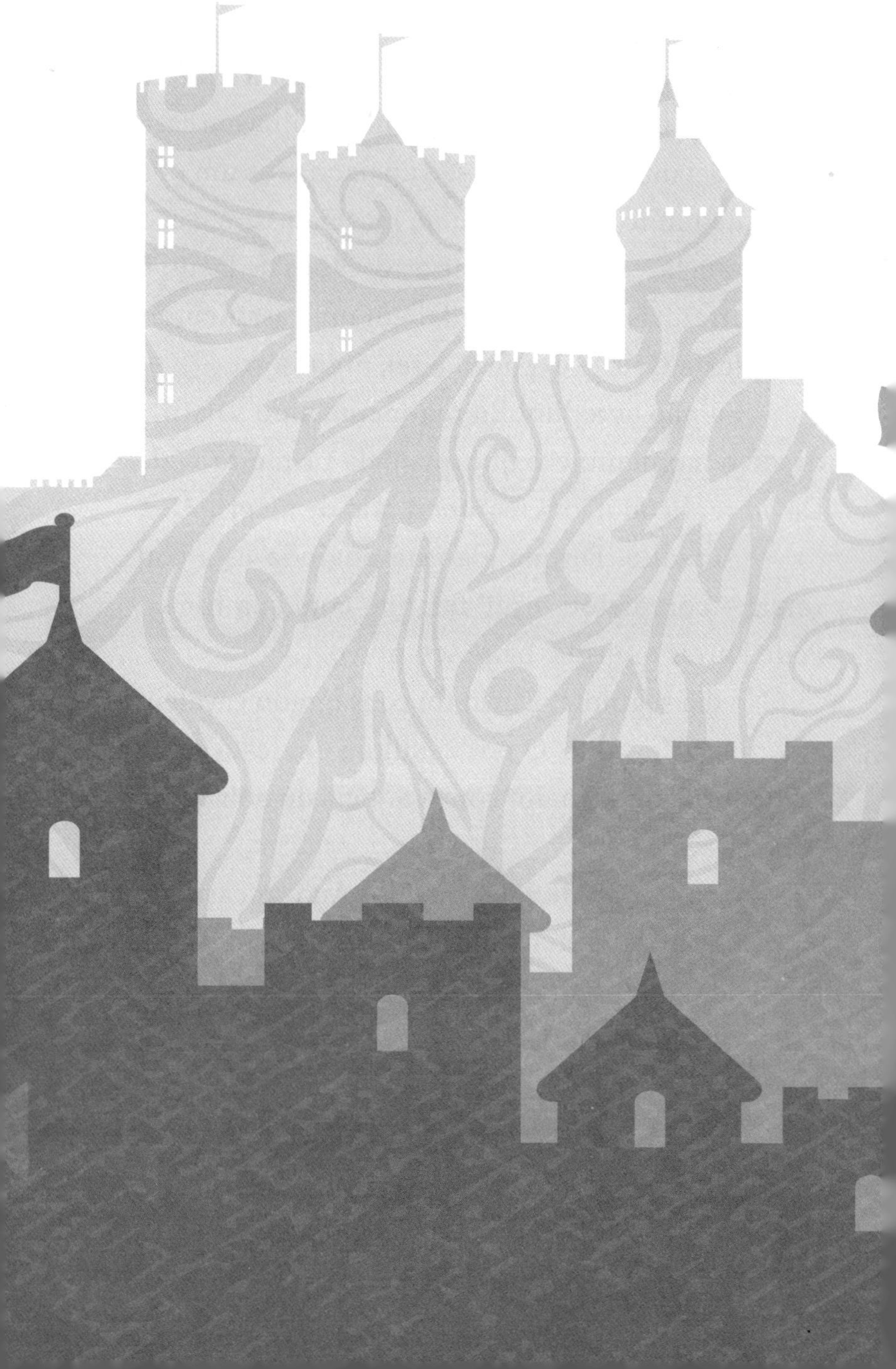

CAPÍTULO 12
Do luto à vitória: vida longa ao rei!

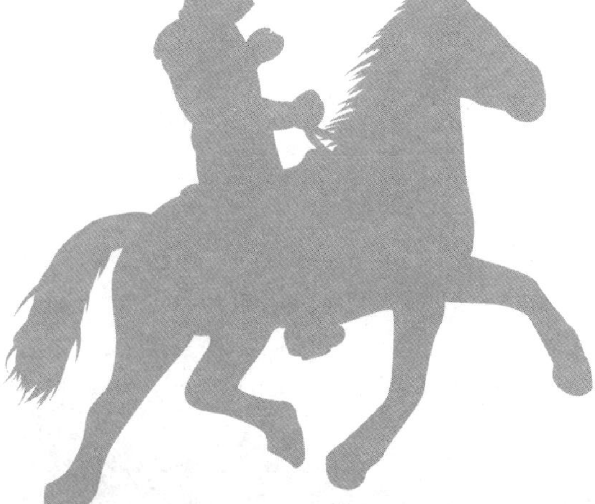

Anno Domini 1247.

Um ano após o casamento de Ana e David, o rei Leodengrance II de Cameliard adoeceu gravemente e concluiu-se que seu tempo havia chegado ao fim. Sabendo disso, o rei mandou chamar sua filha, Ana StonePeace, e seu genro, David BraveSword, e os abençoou.

Assim disse o rei Leodengrance II, sereno em seu leito de morte, a sua filha:

– Minha filha, desde que você era pequena, eu sempre pensei que se tornaria uma grande mulher. Porém, você superou todas as minhas expectativas! Você é uma mulher à frente do seu tempo. E eu me orgulho muito de ser seu pai! Agora, você será a rainha! Você foi preparada para tal posição desde menina, e seu fardo será o fardo de todas as mulheres do reino. Quando o seu marido estiver para fraquejar, você deve ser aquela que o fará levantar. O dever bate à porta da sua vida, pedra da paz! Seja firme e siga todos os caminhos que Deus lhe mostrou!

Ana beijou a testa do pai enquanto as lágrimas enxarcavam o seu rosto. E Leodengrance II estendeu a mão para David, que se ajoelhou ao lado de Ana e do rei, o qual colocou a mão sobre a cabeça dele, dizendo com um sorriso:

– David! Você tem uma linda história e um longo caminho pela frente! Agora você será o rei! O fardo de todo o povo será o seu fardo! Mas, sobre isso, você já sabe! Deus o preparou para este momento por toda a sua vida! Você é David BraveSword, filho de Orion, da Casa de Reuel Ilai, descendente dos reis de Jerusalém. Em você se cumpriram as palavras de Deus ao profeta desaparecido: "Sobre o nome de Arthur virá desolação! Mas da Casa de Morgana tomarei para mim um, por amor de seus antepassados, tomado em maldição, antes inimigo meu, e o farei salvação da sua casa e do seu reino!". Deus é contigo, filho de Reuel Ilai! Reine com a Justiça que lhe foi ensinada, segundo todos os mandamentos de Deus. E ele olhará para você como olhou para o Leão do qual é descendente.

Assim morreu o rei Leodengrance II, no ano de 1247, farto de dias e sereno. Ele foi sepultado com os seus antepassados e com as lágrimas de seu povo. Houve luto durante trinta dias.

Naquele ano de 1247, passado o luto, David começou a governar sobre o reino de Cameliard e fez o que era reto e justo aos olhos do Senhor.

Ao saberem que Cameliard tinha um novo rei, os reinos da coalizão do rei Orion, de Camelot, resolveram que era a hora perfeita para destruir o reino de Cameliard.

Ao tomar conhecimento disso, David foi para uma floresta, longe da cidade, com apenas cinco mil homens, enquanto o exército da coalizão possuía vinte e sete mil soldados.

David mandou quatro espiões para o acampamento do inimigo e, quando eles voltaram, trouxeram notícias nada boas.

Aquele pelotão estava esperando o reforço de mais cinquenta mil homens, liderados pelo rei Hugo IV, o invencível, de Bristol; um inimigo conhecido de David e seus homens.

Ao ouvir os espiões, o rei disse ao seu exército:

– Não temam, homens! Se for da vontade de Deus, venceremos essa batalha!

– E se não for? – perguntou um de seus soldados.

– Então morreremos pelas nossas famílias, pela nossa cidade, pela honra, pela justiça e por Deus! Confiem n'Ele, independentemente da circunstância! Se morrermos, morreremos com honra! Se vencermos, venceremos não por nossa força, mas pela força do Altíssimo! – esclareceu David, porém, sem conseguir motivar os homens que ainda continuavam preocupados, assim como ele.

Então Ana tomou a palavra:

– Sejam fortes e corajosos! Não temam! Pois o Senhor está conosco! Ele é a justiça! Nós somos a sua espada! Deixaremos Hugo IV vir aqui profanar nossas terras e fazer o que bem entender conosco? Sei que a resposta de vocês a isso é "não"! Sei que, mesmo que o medo esteja encarando cada um face a face, todos vocês são homens de coragem! E a coragem não é aquela que se garante em sua própria força, mas sim a que enfrenta o medo, pois sabe por quem luta! A coragem é irmã do amor! Não é egoísta, não se ensoberbece, não toma para si o que não é seu, antes protege o que é seu! Não é opressora, porém libertadora! Não se alegra com a injustiça, tendo nela seu maior inimigo! Tudo sofre, tudo crê, tudo suporta! A verdadeira coragem vem do Altíssimo, por isso ela é eterna, pois o Altíssimo, sentado no trono do infinito, é a eternidade! Assim como o verdadeiro amor, lança fora todo o medo. Que a coragem de vocês se transforme em amor, pois, sem amor, tudo de nada vale!

Os homens se encheram de coragem e bradaram enquanto David olhava para Ana com um sorriso orgulhoso.

– Valentes de Cameliard! Levantemo-nos e lutemos por Deus; por Cameliard... E pela Justiça! – gritou David, seguido de um brado de vitória dos seus homens.

Ao cair da noite, David dividiu seu exército em dois grupos, um liderado por ele e outro liderado por Ana, sua rainha.

O grupo de Ana atacou primeiro, empurrando e encurralando o inimigo pelos caminhos estreitos da floresta, enquanto os arqueiros, nas árvores, atiravam flechas contra o exército da coalização. Em seguida, David e o resto do exército atacaram o inimigo por trás, garantindo a vitória.

No segundo dia, o grupo de cinquenta mil homens, comandado pelo rei de Bristol, foi pego de surpresa pela visão de seus companheiros mortos e sendo cercado por todos os lados. Nem houve batalha. O exército de Bristol rendeu-se imediatamente. David e Ana se aproximaram de Hugo IV, que, assim como ele, também estavam a cavalo. Ao ver Ana, Hugo disse, espantado:

– Uma mulher no campo de batalha? Isso é um ultraje!

Ana respondeu:

– Ultraje é um tirano feito você ousar tomar as nossas terras!

O exército de Cameliard bradou, e Hugo, insatisfeito com a resposta, analisou com desdém o capacete de guerra de David, que possuía uma coroa específica para batalhas e apenas deixava os olhos e a boca visíveis.

– Um rei que se preza não deveria ficar se escondendo por trás de seu capacete de prata. Deveria, ao menos, mostrar seu rosto. Mas... Se não consegue nem calar a boca desta infame... Eu mesmo deveria calá-la por você!

– Chega!

David não aguentou a falta de respeito e gritou, assustando Hugo, que quase caiu do cavalo:

– Diga ao rei Orion que, se quiser o reino de Cameliard, vai ter que passar por cima dos cadáveres de todos nós!

O rei de Bristol se retirou do campo de batalha envergonhado, ao som do exército vitorioso gritando repetidamente:

– Vida longa ao rei! Vida longa à rainha!

Hugo levou a notícia aos reis da coalizão, que estavam em Camelot, e todos ficaram impressionados com a valentia dos novos monarcas de Cameliard. Começaram, então, a perceber que era melhor tê-los como aliados ao invés de inimigos.

CAPÍTULO 13
Um reino pequeno demais para dois reis

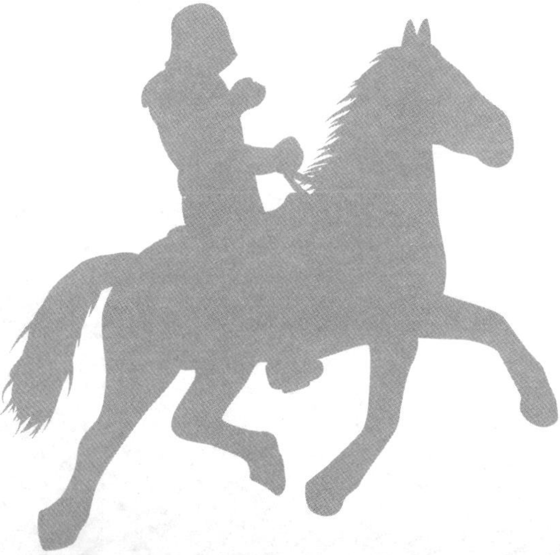

Certo dia, enquanto cuidava de assuntos do reino, o rei David recebeu um mensageiro trazendo uma carta que dizia:

> "Taro rei de Tameliard,
> Nós, os reis da coalizão de Tamelot, o convidamos para uma visita, a fim de que, juntos, possamos unir mais esta parte da Inglaterra, trazendo paz e união ao nosso povo. Acredito que esta seja uma ótima oportunidade para nos conhecermos melhor e para tratar dos assuntos em questão.
> Esperamos ansiosamente pela presença de sua ilustre majestade!
> Respeitosamente,
> 	Rei Orion, o terrível, de Tamelot"

Momentos depois, David contou a Ana o ocorrido, e ela opinou aflita:

— David, se seu pai descobrir quem é o rei de Cameliard, você estará morto!

— Eu sei — disse David, andando pelo quarto e franzindo a testa preocupado. Depois concluiu: — Mas vou consultar Deus primeiro para saber o que fazer!

— Acha que pode ser da vontade de Deus que esse reencontro aconteça?

— É isso que Ele vai me dizer! Você ora comigo? — perguntou ele, estendendo a mão a Ana. Ela, com um sorriso sereno, pegou em sua mão e se ajoelhou com o marido, que orou: — Senhor, Deus meu! Ilumine a nossa mente para que saibamos o que fazer nesta hora, pois, sem Ti, nada somos e nada fazemos. Dá-nos uma orientação sobre irmos ou não a Camelot reencontrar meu pai. É o que pedimos, em nome de Jesus, amém!

Depois de refletir bastante com seus conselheiros e com sua rainha, David sentiu que deveria atender ao convite de seu pai e esclarecer de que lado estava.

Assim, partiu de Cameliard levando Ana, sua esposa, parte da corte e um destacamento muito bem armado. Também levava consigo finos presentes para a rainha Alix e para a princesa Aurora, que não via desde seu exílio.

Depois de cinco dias de viagem, David e sua comitiva chegaram a Camelot. Quando a multidão o viu, logo o reconheceu e gritou seu nome, festejando a volta do seu herói.

Nunca o povo de Camelot recebeu tão bem um rei como naquele dia. Isso não acontecia desde os dias do rei Arthur.

Mesmo tendo sido exilado, David estava nas lembranças do povo.

Enquanto isso, no palácio de Camelot, anunciava um dos generais ao rei:

– Grande rei Orion, o rei de Cameliard acaba de chegar!

– Ótimo, Addy, faça-o entrar!

– Meu senhor, acho que o rei de Cameliard é mais conhecido do que pensávamos! – comentou o general, a fim de antecipar a surpresa do rei.

– Por que diz isso, Addy?

– Ele é David BraveSword, o antigo príncipe de Camelot.

– O quê?!

Orion teve a maior surpresa de sua vida ao constatar as palavras de seu general, quando viu seu filho entrando pelas portas do palácio.

David estava diferente fisicamente, pelo desgaste do tempo e das batalhas, e a rainha Alix custou a acreditar que era seu filho, após fixar seus olhos nos dele por algum tempo. Já a princesa Aurora o identificou assim que o viu e logo exultou de alegria com a mãe.

David não era mais um homem arrogante, tampouco um príncipe exilado. Andava como um verdadeiro rei. Como filho do Grande Leão.

Dentro do palácio, David se tornou o centro das atenções na sala do trono e foi o motivo de muita alegria, principalmente de sua irmã e mãe.

Todos olhavam e admiravam aquele jovem que saíra imaturo de Camelot e que, agora, era um rei em ascensão.

Ao chegar perto de Orion, David disse:

– Como vai, meu pai? Surpreso em me ver?

– Pensei que nunca mais o veria!

Orion não acreditava no que os seus olhos viam: o filho que quase o matou e que se tornou não só um homem feito, como também o rei mais amado de toda a Inglaterra.

De repente, os sentimentos de raiva e rancor que Orion sentia pelo filho, que considerava morto, voltaram violentamente.

David podia perceber nitidamente o ódio que seu pai nutrira por ele durante anos voltando à tona; e sabia disso porque, cinco anos antes, olhara para ele da mesma forma.

Os dois reis não falaram mais nada durante alguns segundos eternos, apenas se encarando, até que David foi o primeiro a falar:

– O senhor me chamou. Estou aqui!

– Sim, você está! Quem dera estivesse morto desde quando o mandei para o exílio, cinco anos atrás. – Orion demonstrou seu sentimento.

– Foi Deus quem me manteve vivo!

– Desde quando você crê em Deus?

– Desde que Ele mudou a minha vida!

Alix, a rainha mãe, podia perceber realmente que David estava diferente: mais maduro e com o olhar mudado, transformado. E não era somente em suas roupas, mas também na sua atitude com seu pai. Ela o olhava com admiração e orgulho, mas teve seus pensamentos interrompidos por Orion, que respondeu a David com a mesma percepção que a rainha:

– Realmente... Você mudou!

– E o senhor não mudou nada!

– E você veio aqui para me afrontar?

– Não! Vim porque fui chamado!

– Eu chamei o rei de Cameliard, não o meu... Você!

– Pois eu sou o rei de Cameliard! Acho que devemos deixar nossas diferenças de lado... Acho não, tenho certeza! – David se corrigiu e continuou: – E devemos seguir um novo caminho em nossas vidas.

Os reis, rainhas e nobres de toda a Inglaterra viram que o jovem rei estava mais preparado para governar do que o próprio pai, e por isso ele recebeu muitos elogios carregados de bajulações, mas simplesmente respondeu:

– Devo tudo isso a Deus, minha mãe, minha irmã e minha esposa. Sem eles eu não seria metade do que sou hoje.

David era o mais humilde e justo entre os reis; e Ana, a menos vaidosa, porém, a mais bela entre as rainhas. Orion não deixou de notar sua beleza e a seguiu quando ela pediu licença, durante o banquete, dirigindo-se a um lugar mais reservado, perto de uma varanda, a fim de respirar ar puro.

O rei disse a StonePeace:

– Há muito tempo, a rainha Guinevere, esposa do rei Arthur, traiu o marido com um cavaleiro chamado Lancelot. Desde então, traições têm sido comuns na história da Casa de Arthur, na qual o seu marido está incluído. Aliás, BraveSword foi o que mais traiu e matou nesta família, então, por que não lhe retribuir o favor?

– Claro! Eu já retribuo o favor que ele me fez e faz todos os dias da minha vida... Amando-o e respeitando-o.

– Eu entendo – disse Orion, colocando a mão no rosto de sua nora.

Mas logo ela a segurou e torceu, retirando-a de seu rosto, enquanto Orion gemia de dor.

– O meu marido mudou, mas ainda sabe muito bem do que o senhor é capaz, e eu também. E lhe informo que não farei parte do seu jogo, rei Orion. Com sua licença.

Ana voltou às pressas para a sala do trono, em seu lugar perto de David, que tinha visto tudo e lhe pediu:

– A partir de agora fique sempre perto de mim.

Ana concordou com a cabeça.

Poucos momentos depois, ela e David se sentaram à mesa ao lado de Alix e Aurora. Enquanto a conversa fluía como as águas do Rio Tâmisa entre Ana e Alix, Aurora disse a David:

– Que saudade de você, meu irmão! Tenho tanto para lhe contar. Mas irei contar tudo depois. Quero que descanse! Por ora me contentarei apenas em recuperar o tempo que perdi sem olhar para meu irmão e apenas fitar seu lindo semblante transformado.

Ao final do banquete, quando todos se recolhiam aos seus aposentos, David e Ana estavam sendo conduzidos por um servo pelos corredores do palácio, quando uma voz feminina muito familiar a David gritou:

– Esperem!

Era Alix, que fora dar um abraço no filho que pensava estar morto. Um abraço demorado, apertado e singelo de uma mãe e de um filho que queriam conferir se aquele momento emocionante e tão esperado era real ou apenas um sonho. Alix levantou o rosto para ver o de seu menino: via um homem transformado e amadurecido pela dor. Levou sua mão à face do filho e beijou a sua bochecha singelamente, como sempre fez, desde quando David ainda era apenas um bebê.

Depois dirigiu-se a Ana, fazendo os mesmos gestos, como se fosse com sua filha. Ao final, andou um pouco na direção contrária que dava para seu quarto, virou-se e disse:

– Venham aos meus aposentos amanhã! Oferecerei um banquete em homenagem a vocês.

David balançou a cabeça aceitando o convite, seguido por Ana, que repetiu o gesto, e todos se dirigiram para seus quartos.

Ao chegar aos seus aposentos, Alix viu o marido jogando uma taça de vinho na parede e gritando:

– Maldito! Desgraçado! Miserável! Como ele não morreu? Ordenei aos inúteis dos servos que dessem pouca comida justamente para que morresse, lentamente, no exílio!

– Talvez seja apenas o começo! – disse Alix fechando a porta do quarto.

– Como assim?

– O início de sua queda!

– Acha que Deus tem alguma coisa a ver com meu reinado? Ora, Alix, você acredita em tudo o que esse seu Salvador diz? Bom, eu não acredito, porque eu sou deus! – disse Orion enchendo o peito de orgulho e prepotência.

– Cuidado, Orion! César caiu por achar que era deus. E nós dois sabemos que você não se arrependeu dos seus pecados como Deus disse que tinha de fazer. Se não se arrepender, Orion, este será o seu fim!

– Eu jamais terei fim! Porque, por gerações, meu nome será lembrado para sempre! – gritou Orion, abrindo os braços e olhando para a janela. Ainda gritando, em tom de desafio, bravejou: – Pois saiba que eu serei o maior dentre os reis! E terei as estrelas por testemunha!

Alix olhou com desprezo para o marido e rumou para seu próprio quarto.

– Guarda! – gritou Orion, que logo foi atendido.

– Chame algumas mulheres! Diga para elas se perfumarem e vestirem suas melhores roupas para satisfazer o rei esta noite.

No dia seguinte, David e Ana tiveram a alegria de conversar com Alix e Aurora, e os velhos amigos do rei: George, Allan e John.

– Meu filho! Finalmente sem interferências!

– Agora teremos todo o tempo do mundo, minha mãe! Onde está meu pai?

– Seu pai preferiu tomar o desjejum com os reis da coalizão – respondeu Alix, em tom menos entusiasmado.

– E pensar que parte disso é culpa minha!

– Esqueça isso, meu filho! Hoje é dia de celebração! Você está de volta!

– Muito bem! Contem-nos as novidades – pediu David, entusiasmado.

Então Alix disse, com uma animação que não conseguia conter:

– Em cinco anos muita coisa aconteceu. Aurora se casou com George, no primeiro ano do seu exílio!

Ouvindo isso, David falou em tom de brincadeira:

– Logo o George, que tem mais afinidade com o machado do que com as pessoas... Minha irmã, você poderia ter escolhido melhor!

Todos deram risada e a mãe continuou contando as novidades:

– Allan está noivo de uma bela camponesa chamada Helena, e o casamento será em breve. Além disso, Aurora aprendeu a lutar com George.

– Graças a Deus! George conseguiu fazer o que tentei em anos! – exclamou David, seguido de mais risadas de todos.

– John também se casou com uma jovem nobre, chamada Catherine, e tem dois filhos: Robert, de três anos, e Emily, de um ano. Segundo ele, sua esposa faz o pior pão do mundo.

– Ainda bem que ela cozinha muito bem as outras comidas, do contrário eu estaria morto! Mas eu a amo fazendo pão ou não sabendo fazer nada! – explicou John, com carinho.

– Se as pessoas querem ver alguma prova de que o amor vai além das coisas que são feitas, é só olhar para o casamento do John – opinou Ana, em um ambiente de descontração e atualização de novidades.

Depois de muita conversa, que continuou em tom descontraído, David, Aurora e Alix tiveram um tempo para uma troca a sós.

– Agora conte-me como passou o seu tempo, meu filho. – Alix estava serena e curiosa.

David contou tudo sobre sua experiência com Deus e, quando terminou, jorraram lágrimas de alegria dos olhos de sua mãe.

– Quando eu recebi Deus na minha vida, mãe, percebi que nada havia mudado, mas eu sim. Eu é quem deveria ser a mudança. Foi para isso que Deus me escolheu!

– Eu sabia que esse dia chegaria, mas não sabia que seria dessa forma tão... Tão... Divina – comentou Alix.

– Mãe, sei que muitas vezes errei com a senhora e por isso eu peço seu perdão. – E olhando para

Aurora, completou: – E a você também, Aurora. Não sou digno de ter vocês como mãe e irmã.

David se ajoelhou e chorou rios de lágrimas, pois sentia vergonha de seu passado. Porém, sua mãe o levantou e disse:

– Deus não se importa com a forma como nós caímos, mas sim com a forma como nos levantamos e chegamos até Ele. Nós já o perdoamos, meu filho!

– Assim como Deus joga os nossos pecados no fundo do mar[7] e os esquece, nós o perdoamos, meu irmãozinho!

Naquele mesmo dia, David foi chamado à sala do trono.

– Chamou-me, pai?

– Sim! Queremos lhe oferecer uma aliança – disse Orion e continuou explicando a proposta: – Como sabemos que seu reino está ficando sem recursos e seus homens estão desmoralizados e em menor número, prometemos suprir todas essas necessidades, desde que nos dê uma prova de sua lealdade...

– E qual seria? – perguntou David, sendo respondido por Hugo IV, de Bristol.

---

7 Miquéias 7:19.

– Tire metade da colheita de seu povo, entregando-a à coalizão de Camelot e aumente os impostos segundo a quantia estabelecida pelo rei Orion. Já que somos uma coalizão, todos devemos cobrar a mesma quantia. Se fizer isso, em troca emprestaremos dinheiro para o seu tesouro e assim poderá resolver a crise de seu reino, e ainda lhe concederemos o título de David, o grande.

– Estamos de acordo... Meu filho? Afinal você não sofrerá nada com isso, somente o povo. É só um simples e humilde povo – acrescentou Orion, querendo sensibilizar David com esse esclarecimento. E depois finalizou: – Tem um dia para pensar em nossa proposta, rei David. Está dispensado.

Quando contou para Ana, ela ficou ultrajada.

– Quem eles pensam que você é? Querem tratá-lo como um boneco que faz tudo o que eles mandam?! O que vai fazer?

– Eu vou dar a resposta amanhã. Eu já sei o que vou dizer, mas vou usar o prazo que eles me deram. Enquanto isso, preciso que faça o seguinte...

David, então, contou seu plano à esposa.

Antes de deitar-se para dormir, David se ajoelhou ao lado da cama e orou:

– Deus, eu sei exatamente o que fazer amanhã, mas sei que nada posso fazer sem o Senhor! Ajude-me a manter-me em minha posição e a ter fé e a certeza de que o Senhor proverá tudo de que preciso. Entrego minha vida em Suas mãos. Em nome de Jesus, amém.

No dia seguinte, David foi à sala do trono, como ordenado por seu pai.

– Então, David? Aceita a nossa proposta? – perguntou Orion.

– Pensei muito no que disseram, mas a minha resposta é não. Eu não irei destruir o meu povo por títulos e riquezas. Isso é passageiro, não é eterno, e, portanto, não vale a pena. Eu me recuso a participar da coalizão de Camelot.

– Pense bem, David, as pessoas estão cansadas de tanta guerra... – disse Orion, sendo interrompido pelo filho, que elevou o tom de voz.

– As pessoas não estão cansadas! Estão clamando por justiça! E eu quero ser a espada de Deus para aplicar a justiça d'Ele!

– Teremos então que começar uma nova guerra! – bradou Orion, furioso.

– Que comece, então! Ah, e caso queira usar minha esposa, minha mãe, minha irmã e meus amigos como moeda de troca, não terá chance. Eu os mandei para Cameliard ontem à noite. Sendo assim... – suspirou e continuou: – Declaro guerra à coalizão de Camelot!

– Guardas, prendam este homem! – gritou Orion.

David, então, sacou sua espada apontando-a para Orion, e os guardas, em vez de prenderem David, o protegeram. Eles haviam desertado! No total, cinquenta e sete guardas de todos os reinos passaram a proteger David.

– O que estão fazendo? Prendam este maldito! – ordenou, mais uma vez, Orion.

– Não vamos permitir que destrua a esperança da Inglaterra, Orion! – disse o chefe dos guardas.

– Vá embora daqui, traidor! Nós o aguardaremos no campo de batalha e não esqueça de que Deus está do nosso lado! – falou Orion em voz alta, enquanto David, ao sair, era chamado de traidor pelos reis da coalizão. Ao chegar em Cameliard com os desertores, David encontrou sua família e amigos a salvo.

– E agora, David? – perguntou Aurora.

– A guerra pela justiça começou!

CAPÍTULO 14
Guerra pela justiça

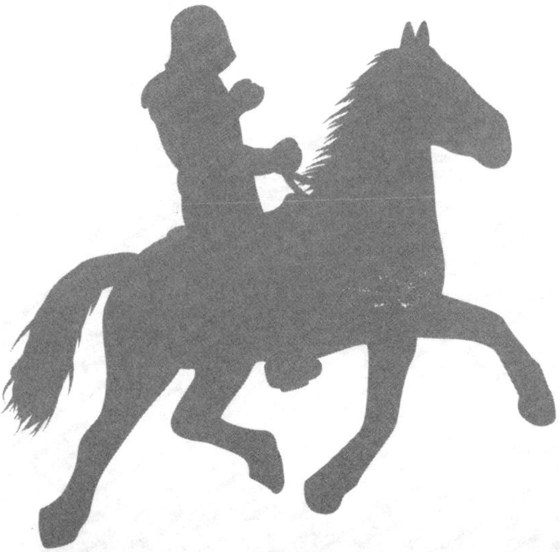

Os reinos da coalizão de Camelot juntaram suas forças e prepararam seus exércitos para a guerra que se aproximava. Eles traçaram uma estratégia na qual atacariam Cameliard diretamente, por seus muros serem facilmente penetráveis.

David, sabendo disso, retirou todo seu povo da cidade, apressou a colheita, pegou todo o tesouro do reino e os conduziu para a ilha de Avalon, que logo se tornou sua base militar. Avalon foi escolhida por ser de difícil acesso.

Depois de um tempo de preparação, David e seus generais, que incluíam Ana e Aurora, decidiram atacar primeiro o reino de Bristol, o principal fornecedor de armas da coalizão.

David tinha apenas cinco mil homens, mas aproveitou que o rei de Bristol estava em Camelot, com praticamente todo seu exército, para atacar durante a noite.

Ele distribuiu seus homens entre os portões norte e sul da cidade e, por meio de uma falsa caravana de comerciantes, chegou até o palácio.

Ao receberem o sinal para atacar, David e Ana, juntamente com o grupo principal, entraram no palácio com toda força, matando todos os soldados que encontraram pela frente.

Ao terminar, David chamou todo o povo de Bristol para a praça central da cidade e declarou:

– Povo de Bristol, preste atenção! Nós não mataremos vocês! Os que quiserem partir são livres, mas os que ficarem terão a opção de reconstruir a cidade ou de serem recrutados para lutar ao nosso lado.

De repente, um homem gritou na multidão:

– Nós o seguiremos, rei David! Sabemos que Deus o escolheu para nos libertar da tirania da coalizão de Camelot! E a partir de hoje, será conhecido como rei David, o justo! Viva o rei David!

A multidão bradou, e David deu ordem para que seus novos súditos levassem toda a colheita da região, todos os tesouros do palácio e todos os seus bens pessoais, e que, em seguida, queimassem todo o resto para que nada fosse deixado ao inimigo.

Com todos aqueles recursos, conseguiram confeccionar armaduras, armas, comprar suprimentos, entre outras coisas. Pouco tempo depois, David conseguiu uma aliança com grupos rebeldes dos reinos da Inglaterra e também fez pactos com os reinos da Escócia, da Irlanda e do País de Gales. Atingiu um contingente de mais de quinze mil homens.

Ao retornar para Avalon, David, o justo, treinou pessoalmente cada soldado e, quando não pôde, Ana e Aurora o fizeram. Eram homens e mulheres de todas as idades e origens, dispostos a lutar por Deus e pela justiça.

Pouco tempo depois de preparar os novos recrutas, David atacou o reino de York numa tarde, e dois dias depois, num domingo, atacou o reino da Cantuária pela manhã. No dia seguinte, recuperou o reino de Cameliard.

David e seu exército não davam descanso à coalizão de Camelot, que não sabia o que fazer diante de tantas investidas do exército adversário. Além de atacar os reinos inimigos, atacavam as rotas comerciais da coalizão, subtraindo suprimentos e armamentos.

David então tomou o reino de Londres e fez dele a sua capital. Naquele momento, ele dominava metade da Inglaterra e, a passos largos, chegava perto de Camelot. Outra ação de David foi restaurar a Ordem da Távola Redonda, fundada na época do rei Arthur. Para ocupar os lugares dos antigos cavaleiros, escolheu Alix, Ana, Aurora, George, Allan e John, determinando que apenas os descendentes deles herdariam seus lugares, para diminuir as disputas de poder.

Mas ainda faltava uma cadeira...

O Assento Perigoso.

Sobre isso, o rei David proclamou:

– Como vocês sabem, o Assento Perigoso foi prometido ao maior de todos os cavaleiros, e quem se sentasse nele sem ser digno morreria. Pois eu lhes digo que o maior de todos os cavaleiros já veio: Jesus Cristo, Filho de Deus! A partir de hoje o Assento Perigoso passará a se chamar Assento do Eterno, para mostrar a todos que as decisões que tomarmos sentados nesta Távola são total e unicamente influenciadas por Ele; porque, se buscarmos o Seu reino e a Sua justiça, tudo mais nos será dado, inclusive a sabedoria para liderar nosso povo.

Ana logo tomou a palavra, recitando a frase que seria a partir daquele dia o juramento da Ordem da Távola Redonda:

– Que busquemos a Deus, o Seu reino e a Sua justiça! E que Ele faça se cumprir em nós e por meio de nós a Sua justiça! Em nome de Cristo, amém!

Naquele momento, a Inglaterra se encontrava dividida entre o reino do norte, sediado em Camelot e comandado por Orion e sua coalizão, e o reino do sul, sediado em Londres e comandado por David e Ana.

A situação chegou ao limite com o êxodo do povo de Camelot, que partiu em direção a Londres, o que Orion não conseguiu impedir, mesmo com um imenso exército a sua disposição. Inclusive, alguns reis pensavam em se render e entregar suas coroas a David.

David recebeu os habitantes de Camelot com generosidade e fez como tinha feito com os outros reinos: recrutou e treinou homens e mulheres para a guerra e continuou a tomar reinos e mais reinos. Até que, certo dia, Orion recebeu uma carta de seu filho:

"Caro rei Orion,
Acredito que chegou a hora de enfrentá-lo diretamente.

Desafio o senhor para uma batalha final em Camlann, onde o rei Arthur foi injustamente morto.

Espero que vossa majestade não seja covarde e fuja da luta por temer nossas mulheres, que, com certeza, têm mais coragem que todos os seus soldados. Se sua coalizão é tão forte, venha até Camlann.

Respeitosamente,

Rei David BraveSword,
o justo, da Inglaterra"

CAPÍTULO 15
Todas as coisas têm um fim

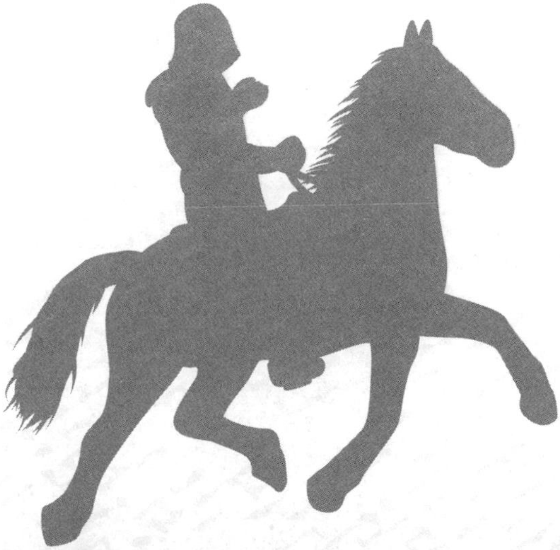

Anno Domini 1249.

Orion e os outros reis da coalizão ficaram tão furiosos e ultrajados com a carta de David que aceitaram o desafio levando um exército de quinhentos mil homens, enquanto David tinha apenas quarenta e cinco mil.

Segundo os espiões do rei, o exército da coalizão tinha onze homens para cada soldado de David. Aquilo o assustou muito, pois nunca tinha ficado em tamanha desvantagem.

– Mas é impossível!! – Assustou-se Aurora com a informação dos espiões.

– Só pode ser brincadeira! – completou George, também espantado e aflito, coçando o queixo.

– Eu sei! É impossível que saiamos vitoriosos... – concluiu David.

– Meu filho, tudo é possível para Deus e para aquele que crê. Você já consultou o Senhor sobre a estratégia a ser traçada? – perguntou Alix.

– Não – David respondeu, suspirando humildemente.

– Então, quando tudo estiver calmo e escuro, feche os olhos, e Ele estará lá! – sua mãe orientou.

Quando estava indo dormir, David ouviu uma voz mansa e suave que o chamou, fazendo com que ele fosse para o lado de fora.

– David...

Ventava muito, mas ele não sentia frio; pelo contrário, sentia um calor aconchegante e todas as suas preocupações foram embora.

– Olhe para a direita! – disse a voz, fazendo David avistar várias colinas enormes, uma ao lado da outra, formando um corredor estreito. E, naquele momento, ele obteve a resposta para uma estratégia.

No dia seguinte, David ordenou que os soldados colocassem pedras grandes no entorno do corredor formado pelas colinas, enquanto ele, de posse de papel, pena e tinteiro, escreveu, sentado à mesa de sua tenda:

"Hoje, no dia em que a justiça será feita, muitos morrerão e muitos viverão para contar a história. Hoje posso ter meus dias abreviados por aquele que me trouxe ao mundo, por aquele que deveria ser meu companheiro e melhor amigo. Hoje lutarei até a morte pela justiça de um Deus que lutou até a morte por mim. Não há forma de retribuir o sacrifício que o Filho do Homem fez por mim, mas, ao menos, consigo entender a razão de Ele ter feito tudo por um jovem perdido. Hoje luto por amor a um Deus justo, luto pelas pessoas que amo e pela paz que excede todo entendimento! Essa paz não se compra com ouro e títulos, mas é dada de graça pelo Autor da Vida. E se eu morrer, não me importo, pois não há nada melhor do que viver e morrer lutando pelo Deus que é a Justiça!"

Por volta da décima hora da manhã, o rei saiu de sua tenda. David usava sua armadura de couro e uma capa vermelha com o desenho de uma espada detalhada em ouro no meio do peitoral e presilhas nos braços. Usava na cabeça uma coroa dourada como o sol, com joias representando os feudos da Inglaterra e seu entorno e, no meio, a figura de um leão. Ao redor da coroa, estava escrito: *Deus é justiça, e o homem, sua espada*.

Todo o exército trajava armaduras de fino aço, porém resistente e polido, com uma cruz vermelha contornada por um círculo de bronze no meio do peitoral.

– Eu sei que o inimigo está em número muito superior. Eles têm quinhentos mil homens, além de catapultas e balestras. Eles têm seu ego, sua arrogância e sua ambição. Então, o que nós temos? – David falava suas reflexões em voz alta.

E, depois de uma breve pausa, Ana falou:

– Nós temos fé!

– Sim! De todas as armas, a mais poderosa é a fé! A fé no Todo-Poderoso! Por muito tempo fui inimigo d'Ele. Eu estava cego por causa da minha justiça, estava manco por causa do meu ego e louco por causa da minha ambição. Quão maldito eu era! Antes eu conhecia Deus apenas de ouvir falar, mas agora eu realmente O conheço, porque ando com Ele, porque hoje eu busco a justiça d'Ele, porque hoje eu busco o caminho d'Ele!

David fez uma pausa e fitou os olhos de seus homens, inundados de coragem e esperança; depois, olhou para Ana que, serena, assentiu com a cabeça. Assim, ele continuou bravamente:

– Valentes da Inglaterra! Vocês conhecem a minha história! Sabem quem é o seu rei e quem ele foi! Sabem que o que rege a minha vida é a Justiça Divina! Pois seja Deus nosso comandante, que a Sua justiça seja o tambor que dita o ritmo de nossa marcha e que a vingança, a ambição, a tirania, o medo e o mal sejam esmagados por nossos pés! Ah, Deus! Venha até nós, encha-nos com a Sua justiça, pois é ela que nos dá paz! Pois assim como o Senhor é a essência do amor... É também a Justiça! Faça de nós a Sua espada! – David ergueu sua espada e bradou – Homens, mulheres... Vamos fazer justiça!

O povo bradou como nunca havia feito. Jamais se tinha ouvido grito de guerra tão estrondoso; nem mesmo nos tempos do rei Arthur. Porém, não mais alto que os dos soldados da Grande Batalha de Jerusalém.

Acabando de dizer suas palavras, David montou em seu cavalo branco, indo em direção a Camlann.

Enquanto marchavam e galopavam para o campo de batalha, sua fé se fortalecia e sua coragem aumentava.

Ao chegarem, os reis da coalizão foram se encontrar com David no meio do campo de batalha, e Ana o acompanhou.

– Rei David, sua esposa terá que se retirar, pois esta é uma reunião particular para homens! – disse o rei de York, que esteve refugiado em Camelot.

Ana sacou sua espada, apontando-a para a garganta do rei de York e avisou:

– Quer morrer agora, homem?

David apenas sorriu.

– Veja, David! O meu exército cobre toda a planície! Desista e eu vou poupar a sua vida e a de seus homens – disse Orion, trajando sua armadura de couro preto e uma capa em amarelo dourado.

– Esqueceu das nossas mulheres! – retrucou David.

– Você causou esta guerra! Arque com as consequências! – acrescentou Ana ao rei soberbo.

– Desculpe, senhora, mas não recebo lições de uma mulher! Então, David? O que me diz? – perguntou Orion, com sua característica presunção, ao que David respondeu:

– Você ouviu o que a minha esposa disse! As minhas palavras são as mesmas que as dela: arque com as consequências!

– Maldito descendente de Reuel Ilai! Então eu juro, em nome de Deus, que serão massacrados! – prometeu Orion, tomado pela raiva.

– Não se preocupe, pai!

Então, de volta às linhas de seu exército, David deu a ordem para que seus homens recuassem e fossem em direção ao corredor das colinas. Orion ouviu e ordenou que seu exército os perseguisse. Chegando lá, David mandou seus homens se esconderem em cima das colinas.

David ainda ordenou que Aurora e George destruíssem as catapultas e balestras, levando cinquenta homens mais quarenta dos soldados escoceses, irlandeses e galeses que conseguiram dar conta da tarefa, já que aquelas haviam ficado com pouca proteção em virtude do deslocamento do exército de Orion.

Ao finalizar, Aurora sinalizou para que John desse a ordem aos arqueiros para atirarem as flechas, e assim foi feito.

Naquele primeiro momento da batalha, Orion e seus aliados perderam dez mil homens. E ao perceber essa vantagem em seu favor, David ordenou que seu exército descesse as colinas e atacasse, formando uma parede de escudos como os antigos vikings.

Enquanto isso, a coalizão atirava flechas e lanças em vão, pois elas paravam nos escudos do exército de David.

Ao chegar perto do inimigo, David fez sinal para que a parede de escudos se desfizesse e, então, a partir daquele momento, os outros noventa homens liderados por Aurora e George já tinham voltado para dar reforço, e a batalha passou a ser espada contra espada. A partir dali cada um lutaria com a sua força para dar força ao outro ou todos morreriam.

A coalizão não conseguia se defender e muito menos atacar por causa do pouco espaço que tinha e mergulhou num caos de autoridade total. Os reis e os generais não tinham mais comunicação com seus soldados; cada um fazia o que bem entendia e bem queria, e um por um, caíram mortos.

Após um dia inteiro de batalha, restava à coalizão apenas cinco mil homens, sendo rapidamente derrotados. Ao ver isso, Orion se encheu de ódio e foi para cima de David com tudo, a fim de vencê-lo. David desviou dos golpes e disse:

– Pai, acabou, renda–se! Eu o perdoo. Sei que nunca tive a oportunidade de lhe dizer isso, mas eu o perdoo por todo o mal que você fez a mim e ao meu povo! E também lhe peço perdão, pai!

– Você me perdoa... Mas eu não o perdoo!

Orion e David começaram um duelo demorado e épico, como jamais visto desde o Duelo dos Dois Leões. Orion atacava e David apenas se defendia, num primeiro momento, aos poucos assumindo a vantagem. No entanto, chegado determinado ponto da luta, seu pai conseguiu derrubá-lo e movimentou a espada em direção ao coração de David, a fim de matá-lo, sem que ele pudesse se defender. E numa aparição inesperada, antes que o rei pudesse concretizar seu desejo de matar o próprio filho, Allan se antecipou e cravou a espada nas costas do perverso rei.

Enquanto o exército já comemorava a vitória, David e Orion se olharam profundamente, como nunca haviam feito; e antes de dar seu último suspiro, Orion disse:

– Antes pela tua espada do que pela espada dos meus inimigos!

O povo, com suas armaduras de aço ensanguentadas, alegrou-se de tal maneira que David precisou intervir:

– Chega! Deus não nos libertou da tirania para sermos escravos do ódio e da vingança! Alegrem-se pela liberdade, mas não pela morte de um rei.

E foi assim que David BraveSword, o justo, tornou-se rei de toda a Inglaterra, no ano de 1249. Ele expulsou todos os seus inimigos do solo inglês e garantiu a independência da Escócia, da Irlanda e de Gales, estabelecendo uma era de paz e justiça.

Ele e Ana tiveram um filho, ao qual chamaram Daniel, que significa "Deus é o meu juiz".

David governou o reino da Inglaterra por cinquenta e cinco anos. Morreu no ano de 1304, farto de dias e coberto de glórias, feliz por ter realizado o desejo de Deus para sua vida e para seu povo. E tornou-se conhecido como um dos maiores reis que governaram sua nação.

FIM

Epílogo

Anno Domini 1307.

E, assim, Ana suspirou realizada e orgulhosa, dobrou o pergaminho que estava em suas mãos, marcou com o selo real, molhou mais uma vez a pena no tinteiro e escreveu o seguinte adendo:

Eu, Ana StonePeace, a valorosa; rainha da Inglaterra; esposa de David, o justo; e mãe de Daniel PeaceSon, o íntegro, rei da Inglaterra, escrevo no meu leito de morte este relato da vida de meu marido, a fim de deixar o legado dele para o nosso filho e para todas as futuras gerações; legado este que não é efêmero, mas sim eterno.

Esta é a história de David BraveSword, o justo, rei da Inglaterra, primeiro de seu nome, da Casa de Reuel Ilai. E este é o seu legado:

Deus é Justiça, e o homem, a Sua espada!

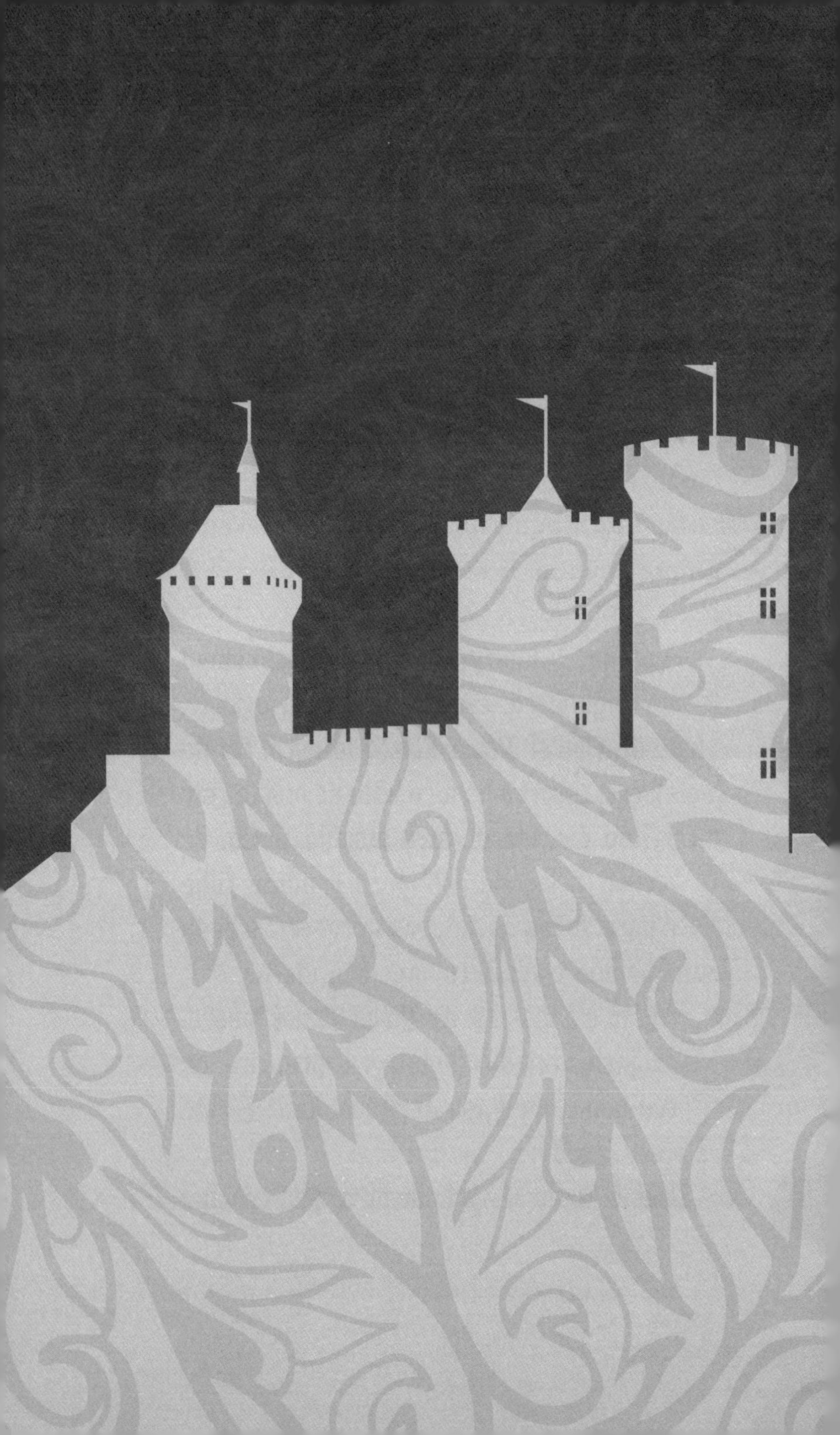

NOTA AO LEITOR

Anno Domini 2024.

Meu amigo, minha amiga,

sei que muitos fatos na história deste livro sequer aconteceram. E que não há muitas histórias sobre os descendentes do rei Arthur. Aliás, a existência do rei Arthur é um verdadeiro ponto de interrogação.

Porém, minha intenção não foi a de desrespeitar a história do rei Arthur a ponto de reescrevê-la, nem mesmo os autores que a criaram, mas usei a história de Arthur como base para começar a minha, por simples e imensa admiração. Espero que tenha gostado da leitura, que tenha chegado à mesma conclusão que eu cheguei quando terminei de escrever esta história.

Agradeço a Deus pela inspiração! Sem o Senhor eu não iria passar nem da primeira linha! Obrigado, Deus!

Agradeço de todo coração a meus pais, Cid e Helaine, que me ajudaram com várias grandes ideias que, com certeza, eu não teria! Agradeço também a minha professora Marcela Moraes, pois foi com as suas aulas de literatura que consegui construir a base histórica deste livro. E pensar que eu achei, no início do primeiro ano, que literatura era algo chato.

Agradeço também a Hélio Brasiel, nosso eterno pardal, que foi o primeiro a ler o manuscrito deste livro. E à escritora e amiga da minha mãe, e minha também, Gabriella Cioti, que me ajudou com a revisão do livro – obrigado pela ajuda! Você salvou a história!

Não vai dar para agradecer individualmente a toda minha família e aos meus amigos, porque isso daria um livro inteiro. Mas saibam que tenho vocês como professores e que seus ensinamentos ajudaram na realização deste sonho que eu tinha desde pequeno, só não sabia que seria desta forma!

Pois é, pessoal, isso é tudo!

Até a próxima, se Deus quiser!

Ah, e só para deixar vocês curiosos...

Esta história não acaba aqui!

A você, leitor, do autor e amigo,

Silas Ribeiro

A Inglaterra nos tempos de David

grupo novo século

Compartilhando propósitos e conectando pessoas
Visite nosso site e fique por dentro dos nossos lançamentos:
www.gruponovoseculo.com.br

Ágape

(f) facebook/novoseculoeditora
(@) @novoseculoeditora
(y) @NovoSeculo
(▶) novo século editora

gruponovoseculo
.com.br

Edição: 1ª
Fonte: Athelas